Carl R. Wolff

Dolor

et

Peccatum

Schmerz und Sünde

Teil 2

Copyright: 2018 Carl R. Wolff

Alle Rechte vorbehalten.

Vervielfältigung, Übersetzung, die Einspeicherung und Verarbeitung in elektronischen Systemen, sind für Bild und Text untersagt.

Ähnlichkeiten mit lebenden oder verstorbenen Personen sind rein zufällig.

Lektorat: Carl R. Wolff
Satz: Carl R. Wolff
Umschlaggestaltung: Carl R. Wolff
Grafiken und Titelbild: Carl R. Wolff
Kontakt: carlrwolff@t-online.de
Herstellung und Verlag:
BoD- Books on Demand, Norderstedt

Vom Autor ist bereits erschienen:

Hirngeflüster   *355 Seiten (Teil 1)*

Beginn der Traurigkeit   *250 Seiten (Teil 2)*

Die Christoph Grant Reihe:

Klostermond   *188 Seiten (Teil 1)*

Dolor et Peccatum   *204 Seiten (Teil 2)*

Kein Beben erahnt, kein Sturm gebannt,
grausamer Tod im Kamin keuchenden Vulkane...
ein Ascheregen aus verbrannter Hoffnungen und
Träume...

Der Tag wird kommen, an dem die Natur dem
Menschen zeigte, wer Herr im Erdenhause war.

Diese Tage kommen und werden Schmerzen säen.

Man möge sagen, hoffentlich trifft es eine andere
Generation, nur bitte nicht mich...

Die Welt wird sich verändern...

Die Natur wird siegen, der Mensch vergeht...

denn die Hoffnung starb zuerst...

Prolog:

Dieses Wochenende war viel zu schön um schlecht zu enden.
Die Sonne verwöhnte jeden Besucher und Einheimischen dieses kleinen Bergdorfes. Der Sonnenuntergang weckte verborgene Sehnsüchte und schuf neue weite unerreichbare Träume.
Die Luft schmeckte nach Wald, Moor und Bier.
 Das Festival war noch voll im Gang. Der weiträumig abgezäunte Kurpark trennte das zahlende vom nicht zahlenden Volk. Doch das machte nichts, es gab genügend Anhöhen hier, man saß etwas weiter weg, dass brachte die gute Stimmung nicht zum Kippen.
  Musik schwängerte Berg und Tal, verzückte das Publikum, lies Menschenleiber nach dem Takt des Meisters zucken...
 Doch von all diesen schönen Dingen bekam sie nichts mit.
Eine andere Welt war ihr Zuhause, eine kleine winzige Welt, in der es weder Sonne noch Hoffnung gab...
 Fern jener realen Dimension lies sie ihrer Fantasie freien Lauf, für Evara gab es nichts schöneres, doch für andere war es der reine abgrundtiefe Horror...

xxx

Die warme Morgensonne durchbrach den grauen Dunstschleier dieses wundervollen Oktobertages und zauberte ein fantastisches Farbenspiel in die herbstliche Berglandschaft.

Langsam fuhr Jon Halldurson durch die engen Straßen direkt neben dem bewaldeten Berghang und in unmittelbarer Nähe zur Grenze des weitläufigen Braunlager Kurparks. Sein Weg führte ihn in ein Hotel etwas außerhalb Braunlages.

Traumhafte Bilder, wie aus einem Urlaubskatalog entnommen sah er, und dennoch trübte sich seine Stimmung ein.
Jon`s Gedanken verfingen sich in ein noch nicht sehr lang zurück liegendes Thema, was ihm dunkle Albträume bescherte und ihn tagträumen lies...

Der Dom zu Köln...

Dieser erste Einsatz bescherte ihn einen großen Wandel in seiner bisherigen Weltanschauung, einen grundlegenden Wandel...
Es gab sie also, diese andere Welt, die andere Seite... das abgrundtiefe Böse. Noch gemeiner, perfider, hässlicher, perverser als der Mensch selbst.

Doch war es der Mensch nicht selbst der diese Kräfte heraufbeschwor? Der Mensch, der innerhalb einer Sekunde hunderttausende seiner Artgenossen in zwei Nuklearexplosionen verdampfte oder viele Millionen in Lagern über Jahre ohne erbarmen hinrichtete... diese „andere Seite" musste demnach sehr grausam sein um jene widerlichen Abscheulichkeiten noch zu toppen.

Es gab leider immer wieder „freiwillige" die die Drecksarbeit für die zum kotzen gelangweilte Obrigkeit verrichteten, selbst jetzt noch und jeden Tag, in den staubigen Amtsstuben der heutigen Gegenwart...

Sein ganzes Leben, sein Denken, seine Gefühlswelt stand Kopf, und nicht nur seine. Jeder seiner Kollegen und Kolleginnen die in diesem kleinem Ermittlerteam täglich ihre Arbeit verrichteten ging es ähnlich. Schnelle Autos, wilde Partys, tolle Häuser... ein Leben im puren Luxus, dass war nun nicht mehr wichtig, es gab diese Wesen, das Andere dort draußen, es war da, präsent und es befand sich mitten unter uns.

Ähnlich würde es den Menschen ergehen sollten eines Tages außerirdische Lebensformen plötzlich und unerwartet auf der blauen Erde landen und Kontakt aufnehmen, wie auch immer...

Doch diese neu Weltanschauung war auch spannend, interessant und eine willkommene Herausforderung.

Halldurson war beinahe besessen davon bis an seine Grenzen zu gehen und probierte es immer wieder, auch scheiterte er dann und wann, und begann von vor. Jon und sein Vorgesetzter, gleichzeitig sein bester Freund, Christoph Grant, machten sich bereitwillig auf um weiteren dunklen Mysterien nach zu gehen. Kennengelernt hatten sie sich als tapfere „Kriegsdienstverweigerer" bei ihrer Aufgabe im hingebungsvollen und weit aus wichtigerem Ersatzdienst, ein Schmunzeln huschte über sein Gesicht bei dem Gedanken daran was sie dort alles gemeinsam erlebten, fortan hielten sie Kontakt, bis sie Kollege Zufall wieder zusammen brachte. Eine gewachsene Männerfreundschaft.

Chris fuhr also nach Hannover, einem alten Zisterzienserkloster einen Besuch abzustatten. So sollte eine steinalte Dame aus einem Altersheim kurz vor ihrem letztem Atemzug etwas von Hexen und Wiederauferstehung gefaselt haben, eben genau an diesem Ort den sein Kumpel nun besuchte. Das Gruselige an der Sache war, die alte Frau hatte seit mehreren Jahren kein Wort gesprochen.

 Er selbst fuhr derweil in den Harz um ein spezielles „Gerücht" zu überprüfen.

So soll es in einem Hotel im beschaulichen Harzer Bergdörfchen Braunlage ein gewisses anstößiges „Merkwürdikum" geben.

Brave Bürger, mit wohl angeborener besonders ausgebildeter Beobachtungsgabe wollen gesehen haben, dass skurril gekleidete Gäste im Hotel eincheckten, es aber manches Mal nicht mehr verließen.

Und genau „Das" wollte sich Jon einmal ansehen, natürlich nicht ohne einen schnell erdachten Plan.

Sein Gedanke, es sollte etwas unauffälliges sein, als Gast einchecken wäre in Ordnung, doch so bekäme er nicht den vollen Zugang zu allen Bereichen des Hotels.

Kollege „Zufall" half hier kräftig mit. Jon durchstöberte die Jobbörse der hiesigen Arbeitsagentur und wurde prompt fündig.

„Suchen eine(n) Allrounder zur Mitarbeit im Hotel. Befristeter Arbeitsplatz, nicht sozialversicherungspflichtig..."

Sein „neuer" „Arbeitsplatz" auf Zeit versprach also ein außergewöhnliches Ambiente und war von dieser Seite her für ihn durchaus gewöhnungsbedürftig.

Gab es im Hotel eventuell Kollegen, Kolleginnen? Oder war er die einzige „Hilfskraft", eigentlich kaum vorstellbar... was würde Jon vorfinden?

Stach er in ein Wespennest oder gab es nur Gerüchte gelangweilter Herrschaften aus der Nachbarschaft die für wenige Augenblicke im Rampenlicht stehen möchten?

Diese und tausend weitere Gedanken rasten durch sein Hirn kurz bevor er seine elfhunderter Honda Shadow in die letzten Kurven zu einem weiteren Abenteuer legte.

>>*Es wird schon irgendwie schief gehen...*<< mit diesen Worten beruhigte er sich bereits zum hundertsten Mal an diesem noch jungen Tag, doch das nervöse Flattern seiner Hände war nicht zu unterdrücken.

Die Nervosität rauschte durch seinen Körper, hier halfen auch seine 25 Jahre Diensterfahrung nicht viel. So bald etwas neues, etwas was er nicht kannte oder einschätzen konnte auf ihn zu kam, trieb ihn sein eigenes Adrenalin beinahe in die Ohnmacht.

Für diese Art von Aufgaben die in Zukunft auf ihn zukamen war sein „Handikap" äußerst unangebracht, doch kein Arzt der Welt war in der Lage ihm zu helfen und das wollte er auch nicht, mit seinem „Stigma" musste er allein zurecht kommen.

Es war keine Angst die ihn packte und ihn auf die Knie zwang, einfach nur das pure Stresshormon... oder gab es dafür doch eine Pille? Betablocker ohne Ende?

Jon war stets bereit immer wieder über seinen eigenen Schatten zu springen, es sich selbst zu beweisen, seine Stärken auszuloten und seine Schwächen auszublenden. Das gelang natürlich nicht immer.

Der Job des Ermittlers war sein Ein und Alles.

Aus finanziellen Gründen ging Jon nicht zur Polizei denn monetäre Mittel brauchte er eigentlich nicht, Geld besaß Halldurson genug, naja, es reichte zum Leben. Einen Teil seiner Bezüge spendete der Kommissar für gute Zwecke, es gab genug Elend in der Welt.
Ein Traum sollte irgendwann in Erfüllungen gehen, da Jon bereits ein halbes Jahrhundert sein eigen nannte oder es bereits hinter sich brachte, sollte in naher Zukunft ein Ruhesitz her und das schwor er sich, war auf keinem Fall Deutschland, nie und nimmer... das Mittelmeer... das war sein Ziel, am liebsten Spanien irgendwo in Peniscola... vielleicht doch Fuerteventura, oder die ganz andere Richtung, Island, die alte Heimat? Eigentlich war er bereits auf dem Weg, beziehungsweise der Vervollständigung seines Planes sehr nahe, da kam ihm die neue Abteilung mit den neuen hoch interessanten Herausforderungen dazwischen.
Seine Gedanken froren ein, sein Ziel lag nun vor ihm.
Den Blinker setzte er rechts und fuhr vorsichtig einen langen unbefestigten Weg zum Hotel hinunter. Große Buchen standen rechts und links des Weges, spendeten Schatten und es sah einfach wundervoll aus.

Den Schlüssel nach links gedreht und das harte Vibrieren der schweren Maschine erstarb.

Seine Ankunft blieb mit Sicherheit nicht ungehört und wurde prompt mit dem Öffnen der Eingangstür bestätigt, dass sah er aus den Augenwinkeln.

Jon zog den ledernen Schutz von seinen Händen, den Halbschalenhelm nahm er ab, stopfte die Handschuhe hinein, steckte ihn auf den breiten Lenker der Shadow, setzte die Sonnenbrille ab, zog das Tuch von seinem Mund und wuschelte schnell sein langes Haar zu einer ansehbaren Frisur zurecht, dass es „ansehbar" aussah hoffte er jedenfalls.

Das geräumige, ausladende Hotel lag etwas außerhalb Braunlages in einem Tal, direkt an einem schmalen Bach, die „kalte Bode" genannt. Von außen machte es nicht viel her, mit den Jahren hinterließen Wind und Wetter sichtbare Spuren. Stein und Holz waren auch hier die dominierenden Baumaterialien.

Die Gestaltung erschien ihm einfach und schlicht, eine Typisch Harzer Architektur.

Nach dem das gewaltige Endrohr der Shadow keinen Rauch mehr entließ, eroberte sich eine würzige, herbstlich kühle Luft ihren Platz zurück, eigentlich ein schöner Ort zum verweilen.

Ein über zwei Meter großer, breit gewachsener älterer Herr, schritt langsam auf ihn zu.

Sein Haupt leuchtete rot- blond genau wie sein buschiger spitz zulaufender Bart.

Ein wissendes Lächeln entstand auf dem kantigen Gesicht des Älteren, erstarb jedoch sofort wieder als er Jon erreichte, den Arm ausstreckte und ihm die mit derben Schwielen gespickte, mit Altersflecken übersäte Hand entgegen hielt.

>>Hans, meine Name ist Hans, mir gehört das Ganze hier und ich denke mal du bist die neue Hilfskraft?<< schrammelte es im Bariton aus seinem Mund.

>>So ist es, mein Name ist Jon, Jon Halldurson...<<

>>Ok Jon, stammst du ursprünglich aus dem Nordischen? Dänemark vielleicht?<< brummelte Hans und drückte seine ebenfalls rot- blonden buschigen Brauen aufwärts.

>>Nein nein, etwas weiter Nord-westlicher... meine Familie stammt aus Island.<< erklärte Jon und musste feststellen das Hans den Händedruck eines elektrischen Schraubstocks mit einem dazugehörigen Kraftwerk besaß.

>>Nun Jon, dann komm mit hinein, es gibt eine Menge zu zeigen und zu erzählen.<<

>>Dann folge ich ihnen gern...<< er schüttelte seine malträtierte Hand aus...

>>Nicht „ihnen", wir sagen hier du, dass reicht...<< kam es grantig aus Hans's Mund, den er dabei kaum bewegte.

Der alte Riese ging voraus, stapfte schwerfällig den Weg zurück, den er gerade gekommen war. Jon folgte ihm in einem respektierlichem Abstand und musterte ihn von hinten. Eine wahrlich große Erscheinung dieser Hans, mit seinen einmeter-fünundachtzig war Jon auch nicht gerade klein, doch gegen seinen neuen Chef wirkte er wie ein leidender unterernährter Zwerg. Die braune schmuddelige Cordhose stammte seiner Schätzung nach aus den Siebzigern, ebenso das dunkelrot karierte Stehkragenhemd.

Die Schuhe dagegen waren das genaue Gegenteil. Schwarz und glänzend geputzt, man hätte sie auch als Spiegelersatz nehmen können, keine Frage.

Das gesehene zwang ihn zu einem unhöflichen Grinsen, verzog sogleich wieder sein Gesicht als ein widerlicher Geruch seine Nase erklomm, Hans hatte doch wohl nicht... oder doch?

Ja, er hatte... und das ohne Geräusch...

Halldurson betrat nach seinem Boss in spe das Haus und erblickte zu aller Erst den wuchtigen unaufgeräumten Eichentresen der wohl als Rezeption diente. An der rechten Wand hing eine alte fleckige Harzer Wanderkarte, der vergilbte Schirm der Deckenbeleuchtung erfuhr mit Bestimmtheit auch schon bessere, sauberere Tage und das Fenster direkt gegenüber wartete garantiert seit zwanzig Jahren auf jemanden der es putzte.

Die Tür fiel hinter ihm zu.

Schlagartig verstummte das entspannt klingende Vogelgezwitscher, und eine merkwürdige Stille umfing ihn, die eine Ameisenarmee über seinen Rücken laufen ließ, auch die Luft änderte sich zum Schlechten, es roch modrig, feucht, gammelig und da war noch etwas anderes, unnatürliches... süßliches...

Das sanfte Ticken einer alten verstaubten stand Pendeluhr drängelte sich in den stillen Vordergrund.

\>\>Na dann komm mal ran an den Tresen...<< sprach Hans hob dabei die erbärmlich knarzende, zerbrechlich wirkende Holzschranke um hinter der Rezeption zu gelangen.

\>\>Ich denke mal, du möchtest wissen was es zu verdienen gibt oder?<<

\>\>Ja, dass in Erfahrung zu bringen wäre schon gut... und noch ein paar andere Dinge auch.<< erwiderte Jon und lächelte dabei gequält.

\>\>Na dann, quatschen wir mal nicht um den heißen Brei herum was? Eine Woche machst du hier Probearbeit, kannst hier Essen und Trinken, Schlafen meinetwegen auch, bekommst etwas Kohle so auf die Hand, je nach dem wie du dich anstellst. Danach, also wenn es mit uns klappt, gibt es für sechs Monate den Mindestlohn, dann sehen wir weiter...<< Hans sah Jon fragend an, hob dabei eine Augenbraue.

Halldurson war überrascht, überlegte kurz, versuchte sich dabei nichts anmerken zu lassen, was ihm irgendwie nicht ganz gelang... ein merkwürdiges Angebot... er verzog sein Gesicht.

>>Ich erkenne Zweifel in deinen Gesichtszügen lieber Jon, nimm es oder lass es, is mir egal...<< brummelte Hans mehr zu sich selbst.

>>Eine Woche Probearbeit...<< wiederholte Jon langsam.

>>Jaja, ist gut, ich nehme dein Angebot an... es wird sicher kein Arbeitsvertrag geben oder?<<

>>Wozu ein Arbeitsvertrag? Ist doch alles gesetzlich geregelt, und wenn du mich verarschst, fliegst du raus, ganz einfach. Wenn du gut arbeitest, bekommst du deinen Lohn auf die Hand, hier wird nichts überwiesen und fertig, alles klar?<<

>>Alles klar, ich kapiere... was muss ich also tun, was sind mein vorrangigen Aufgaben hier bei dir?<<

>>Vorrangig, quatsch hier nich so geschwollen rum... Was du zu tun hast, dass erkläre ich dir jetzt und alles Weitere bei einem kurzen Rundgang durchs Haus...<<

>>Also, kämm dein Haar zurück, spitz deine Ohren und hör genau zu... erste Lektion, dass hier ist ein Hotel... sagen wir mal für ganz spezielle Gäste. Wie speziell, dass erkläre ich die später genauer.

Ich sage nur so viel, es sind Menschen hier mit gewissen Neigungen...

>>Ich verstehe, zum Perversen?..<< warf Halldurson mutig ein.

>>Die einen sagen pervers, für die anderen ist es normal... mir ist es egal was die Gäste machen, ich verdiene hier gutes Geld.<<

>>Also, viel Leder, schwere Dildos und mächtige Gummipeitschen?<< lachte Jon auf...

>>Es ist ein Geschäft, und ein wahrhaft lukratives, darüber lachen wir nicht...<< Hans fuchtelte wild mit seiner Hand in der Luft herum, mit dieser Geste unterstrich er seine Worte.

>>Schon gut..<< Halldursons Mundwinkel fielen wieder herab.

>>Es geht weiter, unterbrich mich nicht ständig... hör zu... meine Hotelgäste wünschen aus diesem Grunde höchste Diskretion... es wird nichts herum getratscht.<< Hans sah Jon strafend an, der Kommissar nickte kurz.

>>Das Hotel ist nicht in dem besten Zustand, aber auch das wird von meinen „Feriengästen" gewünscht, dass hebt den Kick und es gibt hier noch weitere Möglichkeiten sich auszuleben, dazu kommen wir noch.<<

„Irgendwie konnte man sich ja alles schön reden..."
dachte Halldurson und war dem Grinsen nahe. Eigentlich gab es bisher nichts zu bemäkeln. Vielleicht war es nicht ganz legal was sich hier abspielte, Konzessionen sollten mal überprüft werden, die Zahlungsmodalitäten, da würde ein Finanzamt oder der Zoll mal die Finger drauf halten müssen, aber kriminelles gab es noch nichts zu entdecken.
Hans holte tief Luft, es rasselte dabei beängstigen in seinen Lungen.
>>Wie du siehst, hier oben gibt es nur die Rezeption, hier hängen die Zimmerschlüssel, dort liegt das Gästebuch, die restlichen Räume im Erdgeschoss gehören mir, die Gäste werden tief unten untergebracht, dort gibt es auch eine Küche und so weiter... vielleicht, und das wirst du... gibt es auch mal das ein oder andere Geräusch oder einen Laut der dir mehr oder weniger bekannt vorkommt... nicht erschrecken, es geht alles mit rechten Dingen zu, jedenfalls hoffe ich das und es ist mir auch letztlich egal, wenn nur die Kasse am Ende des Monats stimmt. Immer noch interessiert?<<
Jon zögerte mit einer Antwort... das gehörte zum Spiel.
>>Jetzt darfst du reden... also was is?<<
>>Klingt interessant und spannend, bis jetzt bin ich noch dabei. Ein Frage hätte ich doch, bin ich dein einziger Mitarbeiter...

...oder gibt es andere Aushilfen die von Zeit zu Zeit hier sind?<<

>>Fragen über Fragen hat er, aber darum stehen wir ja hier... ab und an kommt noch jemand, hilft etwas... ein Hausmädchen...<< brummelte Hans kaum verständlich.

>>Wer ist denn das...?<<

>>Das geht dich nichts an, und du brauchst es nicht zu wissen...<< kläffte es aus seinem Mund.

>>OK..<< Halldurson schüttelte den Kopf.

>>Jetzt erkläre ich dir was du zu tun hast und danach machen wir unseren kleinen Rundgang...<< Die dunkle Reibeisenstimme seines neuen „Chefs" dröhnte in seinem Kopf herum. Er erzählte etwas von Betten beziehen, Flecken entfernen, Wischen, Putzen und Wienern. Was kam hier nur auf ihn zu, der Rundgang durch die untere Ebene versprach einiges und weckte aufs Neue seine Neugier.

>>Dann komm mit...<< Hans zog den Bauch ein, zwängte sich erneut durch die Holzschranke und deute mit dem Zeigefinger in die zu gehende Richtung.

>>Zur Wiederholung... der Zustand des Hotels ist so wie er ist, erwünscht... beziehungsweise, wurde von einigen Hotelgästen nachträglich bemängelt, den meisten ist es so gerade richtig.

Also werden wir uns demokratisch verhalten und uns der Masse der Zustimmenden zuwenden.

Die Masse, also der überwiegende Teil der Besucher die nun Regelmäßig zu unseren Stammgästen zählen, fand die Atmosphäre... „genial..." wie sie sagten. Darum ließ ich alles etwas verkommen, es soll einen gewissen Grusel- ausstrahlen... verstanden?<<

>>Der Effekt ist dir gelungen Hans, also der gruselige Teil... auch mit dem Verkommen, dass toppt so schnell niemand.<< Jon nickte anerkennend, wusste aber noch nicht wirklich was er von all dem hier halten sollte.

Waren es doch nur Hirngespinste einiger Anwohner, missgünstige Neider, oder steckte doch mehr hinter diesen Fassaden? Gäste reisen an und nicht wieder ab?

Waren diese ominösen Gäste vielleicht zur nachtschlafenden Zeit abgereist? Im Hotel verschwunden? Ein Dämonenportal? Um das zu klären war er ja hier und begab sich weiter in seine Rolle als neuer treuer Hilfsarbeiter.

>>Tja, manches mal liegt das Geld einfach so auf der Straße. Da macht man mit Dreck Gewinn, schöne verrückte Welt, nicht war?<<

>>Da muss ich mich beim Putzen wohl zurück halten...<<

>>Papperlapapp... es gibt genug zu tun, wirst schon ausreichend Schwitzen, glaube mir.<<

Hans erklomm die ersten Stufen zum Untergeschoss.

Die alte Spinnenweb- behangene Holzwendeltreppe führte direkt in das gut ausgebaute Kellergewölbe.

„Tief unten flammten, nein, Korrektur... es flammte nichts auf..." dachte Jon, eigentlich änderte sich nur etwas der Zustand der Schwärze.

Kaum nennenswertes mattgelbes Lampenlicht erhellten das was es zu sehen gab wirklich nur spärlich.

Wände und Decken, alles mit Holz verkleidet.

Dazu die feuchte Wärme, man konnte den Schimmel hinter der Holzfassade förmlich schmecken... oder, wenn man die Ohren spitzte, hören wie er sekündlich weiter wuchs...

Elektrofackeln gab es an den Wänden, sie glimmten schwach vor sich hin, die Batterien sollten demnach schleunigst getauscht werden, wohl auch einer seiner zukünftigen Aufgaben. Den Bodenbelag mochte er nicht bei Tageslicht sehen, der reine Gedanke an den Zustand des Teppichs begrub bei ihm das Verlangen nach baldiger Nahrungsaufnahme.

\>>Keine Angst, nur künstliche Spinnweben...<< grummelte Hans erneut und Jon konnte sich die Frage sparen, ob er den Spinnenbehang entfernen sollte.

Der Gang war gut drei Meter breit. Nach zehn Metern ging es rechts ab in den nächsten Gang und der hatte es in sich.

Jon war nicht in der Lage das Ende des Ganges zu sehen. Wohl auch den schlechten Lichtverhältnissen geschuldet.

>>Hier sind die ersten „Hotelzimmer".

Zur Zeit haben wir zwei Pärchen hier. Ein weiteres Paar reist morgen an.<< erklärte Hans mit gedämpfter Stimme.

Kaum ein Geräusch entstand als sie den Weg weiter gingen.

>>Auf den einzelnen Zimmern gibt es keine Badezimmer oder Duschen. Leider existieren es nur Gemeinschaftsduschen, natürlich mit abgeschlossenen Kabinen.<<

>>Ok...<< gab Jon zurück und fing es langsam an zu bereuen, dass er seiner Meinung nach viel zu schnell „ja" zur Übernahme des Falles sagte. Aber die Neugierde war einfach zu groß und es klang viel zu interessant und lies sich nur mit dem Hierbleiben bekämpfen.

>>Ich zeig dir jetzt mal eines der Aktivitätszimmer, aber nicht erschrecken...<<

In der Mitte des scheinbar unendlich langen Ganges blieb Hans plötzlich stehen.

>>Hier ist es...<<

Hans schloss die Tür auf und drückte sie nach innen. Das war nun also eines der „Aktivitätsräume" und das erste was Jon bemerkte ohne das Hans das Licht oder wie man es nennen mochte, einschaltete... hier roch es penetrant nach Urin und zweifelsohne auch noch nach anderen Fäkalien.

Es wäre nur eine Mischung aus Essig und ein paar weiteren Zutaten, wurde ihm schnell erklärt, die Gäste waren zufrieden, dass war das Wichtigste, sie würden immer bekommen was sie wollten, Schweineblut an den Wänden, Schweineköpfe auf einer Holzforke, sollte es auch noch so ungewöhnlich sein.

Das eingeschaltete spärliche Licht riss nun rot gestrichene Wände aus der Dunkelheit. Ein roter Teppich zierte den Fußboden, auch hier Fackeln an den Wänden, rostige Ketten, ein X aus Holz mit Lederriemchen für die Handgelenke... ein typisches Sado Maso Zimmer eben. Jon schmunzelte wieder.

>>Noch mal, um das klar zu stellen...<< flüsterte Hans.

>>Wir sind kein Puff oder so. Das hier ist ein Hotel und was die Gäste veranstalten bleibt ihnen überlassen, kapiert?<<

>>Hab ich gescheckt, alles gut... du gibst ihnen die Möglichkeit sich auszutoben...<<

>>Wir gehen jetzt zurück und dann noch eine Etage tiefer... dort befindet sich unter anderem auch die Küche... die Zimmer sind durchnummeriert, oben gibt es für dich nur die Rezeption, den Aufenthaltsraum und die Besenkammer. Das erste Obergeschoss und der Dachboden sind nicht bewohnt und gehen niemanden etwas an. Falls du dich fragen solltest warum es zwei Kelleretagen gibt, so liegt die Antwort eigentlich auf der Hand oder nicht?<<

>>Zu viel Geld übrig gehabt?<< witzelte Jon.

>>Nein Schlaumeier, wir haben am Hang gebaut. Leichte Schieflage, normal wäre das erste Kellergeschoss das Erdgeschoss...<<
>>Jetzt geht mir ein Licht auf...<<
>>Das können wir später feiern...<< grantelte der alte Hotelbesitzer zurück.
>>Also weiter im Text... es geht mit K1 Nummer eins los wie du siehst, dass ist das erste Kellergeschoss. Die Küche eine Etage tiefer fängt mit K2 Nummer eins an, eben das zweite Kellergeschoss, los los, mir nach...<< befahl Hans und Jon gehorchte, folgte dem Duft seiner Museums Cordhose.
Jetzt ging es also noch ein weiteres Stück nach unten. Diese Holztreppe war nicht minder in besserem Zustand als die Erste.

Es ächzte und knarzte bei jedem Schritt, doch genau dieser Effekt war ja gewollt, was Hans noch einmal brummelnd versicherte.

Der angedachte Rundgang entpuppte sich als kleiner Horrortrip, aber genau „das" war ja die Sensation dieses Hotels oder sollte es in Zukunft werden.

Stammgäste gab es bereits einige wie ihm zum wiederholten Male versichert wurde und damit gab es eben Arbeit genug für ihn.

Im tiefsten Kellergewölbe angekommen, stellte Jon fest, dass es den gleichen Grundriss gab wie eine Etage über ihnen.

Direkt neben der Wendeltreppe gab es eine Tür.

Die hatte Jon vorher gar nicht gesehen. Es stand auch groß *„K2 ZUR KÜCHE"* darauf, eigentlich nicht zu übersehen.

>>Links herum, die große Tür, da hinter ist die Küche, bitte... sieh es dir an... wenn du möchtest können wir hier später zu Abend Essen...<< Hans fing an zu Lachen, und nicht nur der Tonfall lies Jon einen erneuten Schauer über den Rücken laufen.

Die Küche befand sich ebenfalls in dem Zustand wie auch alles Andere in diesem Haus, eben in einem erbärmlichen Zustand. Das ebenfalls vergilbte Licht der „Küchenbeleuchtung" bemühte sich aber schaffte es kaum bis zu den Wänden vorzudringen, sie waren dunkelgrau und musterlos über getüncht.

Ein uralter Elektroherd, völlig verschmutzt und doch noch in Funktion wie Hans wohl meinte. Der Küchentisch und die dazugehörigen Holzbänke glich einer alten Rittertafel, so lang und auch so verdreckt... wie nach einem traditionellen Rittermahl eben.

Jeweils am Kopfende standen Stühle mit hoher Lehne und dicker Polsterung, ein fürstlicher Thron für den Gast...

>>Wie du siehst, ein wenig müsste doch mal aufgeräumt werden. Ich schaffe das nicht alles alleine, wie du es dir denken kannst.<< Hans griff sich an den Rücken und verzog leidend sein Gesicht.

>>Ja ja... Rücken, schon klar...<< das Wort „klar" zog Jon in die Länge und sah sich weiter um. Den Boden verzierten alte ehemals weiße Keramikkacheln, stumpf und ohne Seele... angelaufenes mattes, in die Jahre gekommenes Kochgeschirr hing über dem Herd. Ein Schrank aus den fünfzigern, hinter den Scheiben standen zerbeulte Emailletassen, abgestoßene Teller, ein uralter Kühlschrank der Marke Bosch, es könnte eines der ersten Modelle sein... vermutlich hunderte Euro wert...

Zu dem Modergeruch gesellten sich Zwiebeldüfte, Knoblauch und intensiver Bratengeruch...

>>Die anderen Räume, die sind erst einmal tabu für dich... jedenfalls vorerst.

Wenn ich dich näher kennengelernt habe, und nur dann erst zeige ich dir den Rest dieses Kellers oder des Verlieses, wie er auch gern genannt wird.

Es gibt Gäste, du kannst es dir nicht vorstellen, mit was für Wünsche die hier ankommen...<< Hans lachte erneut wie der Teufel auf, ging hinaus und es hörte sich abermals an als erwachte Frankensteins Monster zum Leben.

„Hier zu Abend Essen? Nie im Leben..." dachte Jon und stapfte schwerfällig seinem „neuen" Chef auf Zeit hinter her.

Ein langer Gang, genau wie oben, ebenso spärlich beleuchtet wie alles Andere zuvor. Doch dort... dort hinten... etwas oder Jemand... ja, es befand sich jemand am Ende des Flures. Undeutlich zu erkennen, aber vorhanden... war es nicht ein Arm, eine Hand die sich ihm entgegenstreckte?

>>Was ist das... am Ende des Ganges... eine Puppe?<< wollte Jon wissen.

>>Eine **was**?<<

>>Eine Puppe, eine nackte Puppe, da, auf dem Motorrad, mit den Ketten? Hinten im Raum, dass ist doch ein Motorrad oder? Das sind doch Ketten? Gibt es da kein Licht?<<

>>Eine Puppe... Ketten... Quatsch, ha... was du wohl meinst, komm jetzt.<< sagte er schroff und erklomm die erste Stufe.

>>Ja und was ist es jetzt?<<

>>Viel Elektronik, viel Bewegung... etwas Dekoration... und ne ganze Menge Illusionen...<< flüsterte Hans.

>>Du musst nicht alles wissen, habe ich doch schon mal gesagt oder etwa nicht?<<

>>Ja ja, hattest du erwähnt.<< Jon winkte ab und folgte Hans in respektierlichem Abstand auf der Treppe, nicht nur des Geruchs wegen.

Oben angekommen wurde Jon verabschiedet und es wurde ihm mit auf dem Weg gegeben, am nächsten Tag nicht zu spät zu erscheinen.

Halldurson warf seine schwarze Shadow an, dass harte Brummeln seiner Maschine beruhigte ihn irgendwie.

Er setzte seinen Helm auf, sah noch einmal in Richtung des Hauses, ihm beschlich das Gefühl als glotzten ihn die leeren Fensterhöhlen an und wollten ihn nicht gehen lassen, ihn sezieren.

Der erste Gang, die Honda ruckte an, Jon zog sie in eine leichte Linkskurve, die Straße war frei, er gab ordentlich Gas, er liebte den Sound, lächelte und war gespannt wie ein Bogen darauf, was der nächste Tag wohl für Überraschungen für ihn bereit hielt.

Was er nicht hörte und ihn mit Bestimmtheit schlaflose Nächte bescherte, war eine helle, feine, leise wehklagende Stimme, tief unten in den Kellergewölben des alten Hauses.

Mors ultima linea rerum est!!
Mors ultima linea rerum est!!

XXX

Der Tod steht am Ende aller Dinge!!

*G*roß war sie, die Scheibe am Himmel, riesig und hell... und nahm langsam und stetig ab.

Die Stunden des Iden waren längst vorbei, und ein überwältigendes Ereignis ließ nicht mehr lang auf sich warten. Sie zitterte voller Erwartung am ganzen Körper, ihr Herz bebte, tobte laut in ihrer Brust, wie an jeden Abend der letzten drei Tage. Würde es heute so weit sein? Oder sollte noch ein weiterer Tag vorübergehen?

Hübsch machte sie sich für ihn, Weiß war ihre Farbe, die Farbe ihres Kleides, dass Haar trug sie offen, wusch sich mit kerniger Seife, entfernte lästiges Haar von gewissen Körperteilen weil er es doch so mochte, Kerzen brannten und Evaras Ungeduld steigerte sich in das Unermessliche... sie wartete und wartete...

Doch da... gedämpfte, leise Schritte die lauter wurden.

Die Tür zu ihrem geräumigen „Verlies" flog auf.

Mit dem Rücken stand Evara zur Tür und erschrak, sie drehte sich nicht um, hörte wie die Tür geschlossen und verriegelt wurde... ihr Herz bebte, sie zitterte, roch seinen Schweiß, nah war er ihr, sehr nah... und wurde von Hans sofort unkultiviert begrapscht.

\>>Venustus femina... tu dulcis quomodo mel...<< sprach er knurrend im gebrochenen Latein, leckte sich die Lippen und setzte sich auf den bereit stehenden bequemen alten staubigen Sessel.

\>\>Mit meiner Hand züchtige ich nun das un-zahme Lamm auf das es mir gehorche...<< blubberte es aus ihm heraus. Diese Wörter verstand sie nicht nur seine Übersetzung, *„castigatio quod agnus"* er sagte es jedes Mal bevor sie sich auf seine Knie legte. Ihr schon sehr kurzes Kleid rutschte über ihr Hinterteil, dort entblößt lag Evara da und wartete erneut, bis er mit seiner „Zucht" begann.

Es klatschte...
 Sie erschrak und zuckte, eines ihrer blass rosafarbenen Äpfelchen plumpste dabei aus ihrem Dekolletee, hing blank über dem Rand ihres tief geschnittenen Kleides, baumelte und zuckte nun im Takt jedes seiner Schläge.
 Der alte Hans stand bereits furchtbar unter Strom, der Platz in seiner Hose wurde immer weniger, seine grobe Hand, die beinahe eine ganze Seite ihrer prallen Rundungen am Hinterteil verdeckte, schlug nicht fest, nein, eher sanft klatschte seine Handfläche ein ums andere Mal auf Evaras nun gerötete Haut, sanft und überaus taktvoll.
Scharf sog er die aufsteigenden duftenden Wölkchen ein...
 \>\>Ja... vorzüglich... so prachtvoll, nicht wahr?<< kam es röchelnd aus seinem Mund, den er nicht rechtzeitig wieder verschloss.

So lief der zähe „Sabber" tropfend, geifernd aus seinem Mundwinkel, wie aus dem stinkenden Maul eines tollwütigen Hundes.

Er roch, sah aus und benahm sich wie ein roter gewaltiger altersschwacher Fuchs, der mit letzter Kraft lustvoll ein jungfräuliches Rehkitz bestieg um es danach erbarmungslos zu fressen...

Genau so wollte er es und sie musste doch bestraft werden für ihren ungehorsam... oder für ihre Schönheit oder für irgendwas, dass war ihm auch egal. Ein Grund, ein Vorsatz musste her um das zu tun was er tat... um nichts anderes ging es hier.

Mit den Jahren konnte man es durchaus auch als Selbstläufer bezeichnen was er mit ihr zu jedem Vollmond unternahm. Zu Beginn sollte es wirklich nur eine Züchtigung für ihr pubertäres Verhalten sein, oder um ehrlich zu sein, mehr ein Ventil für seine perversen Neigungen, wie dem auch sei, dafür war sie nun mal geschaffen, so dachte er.

Dann nahm er sich heraus ihr zu lehren, was es mit der körperlichen Liebe auf sich hatte, doch da war nichts zu lehren, eigentlich lernte der nun alt gewordene Mann mehr von ihr...

Hans packte sie, zog Evara hoch und ungestüm zog er sie nun auf seinen Schoss, seine schwere braune übel riechende Cordhose lag ihm längst zu Füssen.

Hans blickte auf Evaras makellosen Rücken, hielt ihre Hände umklammert.
Er drückte und stopfte, drängte und quetschte wild, Evara spürte nun wie sein altes, dickes, schrumpeliges Etwas mit einem rüden stumpfen Ruck ihre erogenste Körperregion eroberte, sie quittierte es mit einem langgezogenen Ausdruck des Leidens, der Qual, der Tortur... und ließ es einfach geschehen.

Viele viele Monde waren bereits vergangen seit dem ersten Mal als er zu ihr kam und sie nicht verstand was er da mit ihr machte... Iden später erfreute auch sie sich an seinen Spielchen und labte sich an seiner Leidenschaft, und vor allem an dem was danach kam...
Hans genoss und mochte es wenn seine Gespielin Laute des Schmerzes von sich gab, manches Mal war es jedoch keine Mime von ihr, so trieb er sein altes knochiges Leder beinahe bis in ihre Eingeweide, grob konnte er sein, sehr grob...
Doch Evara liebte das Spiel, sie kannte nichts anderes, es löste jedes Mal etwas in ihr aus, heiße Schauer tobten durch ihren jungen Körper, dass Verlangen nach seinen Berührungen wuchs immer mehr... danach war sie immer so fantastisch entspannt, ja genau, so furchtbar entspannt... ein wohlige Behaglichkeit durchströmte ihre Glieder.

Es wurde fortan zur Gewohnheit, ein Stück ihres so geliebten Zuhauses...

Der alte Hotelbesitzer schwitzte, rang nach Atem, sein Puls Hämmerte am Limit, rasend wurde er, enthemmt benahm er sich, versuchte sich wie ein zwanzigjähriger zu bewegen und doch verkamen seine Anstalten nur zu einem jämmerlich kurzen Freudenakt und er wusste genau, vier Wochen Erholung „danach" waren Pflicht... nur zu gut das es den Vollmond nur einmal im Monat gab...

Der grobe Hans verdrehte seine Augen bis das Weiß aus den Höhlen strahlte, umfasste unsanft ihre Hüfte, hob und senkte sie zugleich immer wieder, bis die Schwelle der süßen Entspannung immer näher kam und er sie letztlich überschritt... sein vom Leben gegerbter Vulkan verließ die Höhle der Sehnsucht und verschoss nun den angestauten Druck der letzten Minuten auf Evara`s tief ausgeschnittenem eng anliegendem blütenweißen Baumwoll- Kleidchen.

Sekunden vergingen bis sich sein altes Wolfsherz endlich beruhigte. Hans schob sein weiches zierliches „Spielzeug" ungestüm von sich, zog sich seine scheußlich riechende Cordhose zurecht, drehte sich zu ihr um und schlug Evara im nächsten Moment zwei Mal äußerst wüst ins Gesicht...

»Wie siehst du aus?« schrie er die junge Frau an.

»Voller Flecken und wie du riechst... es ist einfach ekelhaft...«

»Tuus species... tuus odor... odiosus...« *(dein Aussehen, dein Geruch, widerlich)* sprühte es laut von seinen Lippen.

Evara stolperte zurück, hielt sich schluchzend die malträtierte Wange mit der rechten Hand, den linken Handrücken drückte sie auf das Nasenloch aus dem Tröpfchenweise ihr roter Lebenssaft floss...

»Mea Culpa...« *(ich bin schuldig)* kam es leise aus ihrem Mund.

»Obsecrare non percutere me...« *(verfluche mich, schlag mich nicht)* flüsterte sie und sah zu ihm auf.

»Ist schon gut... wasch dich gefälligst, auch deine Sachen und zieh dich ordentlich an, hast doch genug von den Kleidern, läufst hier herum wie eine billige Dirne... so benimmt sich eine anständige Frau doch nicht... tu meretrix...« *(du Freudenmädchen)* schrie Hans die letzten beiden Worte...

Er ging, schlug die Tür heftig hinter sich zu. So benahm er sich immer danach, dass wusste Evara auch... vielleicht war es dem alten Mann peinlich, entwickelte er Schamgefühl nach all der Zeit? Doch es war ihr egal, **dieser** Hans gefiel ihr, denn eine Belohnung würde in Kürze auf sie warten, praemium accipere... und darauf freute sie sich teuflisch...

Evara blies die Kerzen aus, die farbtote Lichtlosigkeit eroberte den Raum, nun war sie wieder allein mit ihren stillen Freunden, ihren so geliebten Objekten ihrer Sammelleidenschaft und bald kam ein weiteres dazu... ein diabolisches Lächeln lag auf ihrem unsichtbaren Gesicht, denn das war ihre eigene Welt...

Dolor et Peccatum...

XXX

Die Nacht war viel zu kurz.

Halldurson träumte von den Fenstern des Hauses, von dem Gewölbe, der unheimlichen Küche tief unter dem Haus. Diese Puppe... war es wirklich eine Puppe? Sie bewegte sich, sah so echt aus...
Dieses Gemäuer lockte ihn, wollte ihn haben... ihn in sich vereinen... auf Ewig...
Er wachte schweißgebadet auf.

Das war vor fünf Stunden.
Nun stand er erneut vor der reparaturbedürftigen Eingangstür des Hotels, holte tief Luft und betrat die Ruhe vor dem Sturm.

Diese Stille, die ihn Tags zuvor bereits beeindruckte, war irgendwie außergewöhnlich, greifbar, erstickend, und doch beinahe lebendig.
Für einen Moment lang wusste Jon nicht wie er sich verhalten sollte, niemand hielt sich im Raum auf, auch stand niemand an der Rezeption, sollte er rufen? Die schlafende Stille aufschrecken?
Die Antwort wurde ihm abgenommen. Die Tür zu Hans`s Gemächern im Korridor linker Hand wurde aufgezogen, jemand betrat den Flur, Hans, sein Kopf flog nach links und der Hotelbesitzer stapfte auf Jon zu, die Stirn in grübelnde tiefe Falten belegt.

>>Wir kennen uns oder? Sagen sie mir woher?<<

>>Guten Morgen Hans... wohl ne lange Nacht gehabt was? Ich stehe hier fit und ausgeruht und warte auf deine Befehle...<< Jon lächelte Hans entwaffnend an.
Der zwei Meter Mann schüttelte langsam den Kopf bevor er sprach...

>>Einen Moment...<< brummelte er und stach einen Finger Richtung Halldurson.
>>Zum Ersten, ich bin nicht „du" und auch nicht dein Kumpel... und dann erzählen sie mir bitte... wer Sie sind und was sie hier wollen... oder möchten sie ein Zimmer?<< zischelte Hans sichtlich angesäuert.
>>Ich, also...<< Jon wusste nicht was er sagen sollte, wieder so eine merkwürdige Situation. Blackout? Filmriss in der holen Birne „seines" Chefs?
>>Was also...<< wiederholte Hans.
>>Gestern? Der Rundgang? Ich, neuer Mitarbeiter? du, äh... sie haben mir das „Du" angeboten? Klingelt es?<<

>>Sie sind mir etwas zu vorlaut junger Mann, aber jaja... schon gut, kann mich erinnern oder ein wenig, oder auch nicht, aber eines ist nicht geschehen, ich habe ihnen nicht das „Du" angeboten, es wird sich hier „gesiezt" und fertig.

Ich suche keinen Kumpel sondern einen Mitarbeiter der mich im Tagesgeschäft entlastet.<<
Hans Kratzte sich immer noch grübelnd am Kopf.

>>Ich leg mich wieder hin, habe Kopfschmerzen wie verrückt. Ach was erzähle ich ihnen das... gehen sie zum Beginn ihres Dienstes in die Küche und sorgen für klar Schiff. Sie sagen ja wir hätten einen Rundgang gemacht, gestern, dann kennen sie sich ja aus. An der Rezeption ist eine Klingel angebracht, die hören sie auch da unten. Also, wenn es Klingelt, dann schnell nach oben, alles verstanden?<< Hans sah Jon fragend an, wartete jedoch keine Antwort ab, winkte ab, drehte sich um und schlurfte zurück woher er kam.

>>Nicht zu fassen... der ist doch völlig durch... Persönlichkeitsspaltung, dann wäre wohl eine Zwangseinweisung zu empfehlen.<< flüsterte Jon leise und sah sich Kopfschüttelnd um. Die zuständigen Behörden würde er nach der Observation einschalten um das Verhalten doch zu überprüfen.

Auf dem Tresen der Rezeption lag das Gästebuch. Hier gab es zwei Eintragungen aktueller Natur.
Sämtliche Schlüssel hingen an ihren vorbestimmten Plätzen, demnach war von den Gästen niemand im Hotel, sie frühstückten also außerhalb.

Der Weg zur Küche war ihm wohl bekannt. Dorthin begab er sich, ging behutsam die Treppe hinunter und stellte wiederholt fest, dass ihm die Ruhe hier nicht koscher vorkam. Auch schlug ihm eine seltsame feuchtwarme Luft entgegen, feuchter als tags zuvor, mit jedem Schritt nach unten wurde es wärmer, als beträte man den Vorhof zur Hölle... vor Nervosität war es ihm gestern nicht aufgefallen.

Auch überkam ihm das Gefühl er wäre hier nicht allein, obwohl ja niemand hier sein konnte... oder doch?

Es kribbelte verdächtig im Nacken, er sah sich mehrmals hastig um... lauschte in die Stille hinein... doch da war niemand...

Die Küche.

Oder das was dieser Raum eben darstellen sollte.
Jon knipste die spärliche Beleuchtung an und etwas dunkles, schwarzes, großes, mit vielen behaarten Beinen huschte mit atemberaubender Geschwindigkeit über den stumpfen weißen Fliesenboden, verkroch sich in einer Spalte an der Wand. Halldurson erschauderte abermals.

Jedoch nicht wegen des achtbeinigen Ungeheuers zuvor.
Jon glaubte seinen Augen nicht zu trauen...

Die tief hängende Tischbeleuchtung riss etwas aus der Dunkelheit des Raumes, ein Etwas mit nur zwei langen Beinen und unbehaart.

Am Ende des langen Küchentisches saß eine Person mit angezogenen Beinen auf einem der dazugehörigen hochlehnigen Küchenstühlen, die Arme um die Knie gelegt, den Kopf nach vorn gebeugt...

Eine wunderschöne junge Frau... und sie trug nichts als ihre Nackte Haut.

XXX

Jon traute seinen Augen kaum, was ging in diesem Haus vor?

Die junge Frau stand hastig auf, hielt sich eine Hand vor ihr wunderhübschen Augen, rief Wörter die er nicht richtig verstand...

\>\>Ed lumine, ed lumine...<< rief die langhaarige Frau, stand auf, rannte an ihm vorbei und wurde schnell von dem Dunkel des langen Ganges verschluckt.

\>\>Hallo...<< sagte er, da war sie schon verschwunden, hinterließ nur eine duftende Parfumspur, es musste Lavendel sein, wie er schnuppernd feststellte.

\>\>Das gibt es doch nicht... demnach ist hier wohl doch noch ein Gast, hat sich verirrt oder ist verwirrt...<< Jon lachte kurz auf.

\>\>Was kommt hier wohl als nächstes...<< sprach er zu sich selbst, versuchte seine Gedanken abzuschütteln und machte sich daran, den Geschirrberg zu spülen der ihm kurz zuvor ins Auge sprang.

An der weiß gekachelten Wand, direkt über dem Spülbecken hing eine weitere Lampe. Jon zog an dem fettigen Bändchen was wohl mit dem Schalter verbunden war, doch auch mit der zweiten Lampe wurde es nicht viel heller. Das Wasser was den Hahn verließ war heiß, wirklich heiß... man mochte es nicht glauben aber das schien zu funktionieren.

Die junge Frau kam ihm wieder in den Sinn...
Die Waschmaschine lief, beziehungsweise, dass Spühlprogramm war bereits beendet, nur die Kontrolllampe blinkte, dass bemerkte Jon erst jetzt.
Die Wäsche der nackten Dame?
Wie alt mochte sie sein... zwanzig- zweiundzwanzig- vierundzwanzig vielleicht... schlecht zu schätzen.

Was sagte Hans noch... *„es gibt hier Menschen mit gewissen Neigungen..."*
War die Dame eine davon, eine von den sonderbaren Gästen? Sie sprach Worte in einer fremden Sprache... Rollenspiele? Wurde sie vielleicht... ja, in diesem Fäkalienzimmer... an Händen und Füssen gefesselt auf das Holzkreuz gebunden... und irgendjemand ob weiblich oder männlich verlustigte sich an ihr? Jon schossen in diesem Moment die unerhörtesten Bilder durch den Kopf...
Hui... und pfui...

„So lang niemand zu Schaden kam... warum denn nicht... vielleicht gefiel es ihr sogar, dem jungen Ding... und eventuell fällt ja mal was für mich ab..." dachte er, grinste dabei und verdrehte die Augen...

„Denk daran, du bist im Dienst..." maßregelte er sich selbst und brachte sich damit vorübergehend zur Vernunft.

Er öffnete die Waschtrommel und entnahm ihr ein Stück weißen Stoff, sonst befand sich nichts in dem blanken löchrigen Edelstahlbehälter. Ein noch feuchtes Kleidchen wie er feststellte und legte es behutsam über die Lehne eines der beiden Thronstühle am Ende des gewaltigen Tisches.

„Wurde es vielleicht bei einem der Spielchen beschmutzt?" dachte Jon, lächelte und machte sich ans Werk.

Der Aufwasch war schneller erledigt als gedacht, die Suche nach Utensilien zur Oberflächen und Fußbodenreinigung gestaltete sich dagegen etwas schwieriger. Guns and Roses tröpfelte leise aus seinem Smartphone, da es dank der dicken Mauern im Keller an vier G Empfang mangelte musste es eben zur Unterhaltung dienen. Halldurson stand auf diese Art von Musik, an Guns and Roses mochte er die langsameren Stücke, nicht die Ohren zerfetzenden kreischenden Gitarrensoli, obwohl, ab und an ließ er sich von Slash`s virtuosen Gitarrenkünsten sein gefallenes Stimmungsbarometer anheben.

Der Boden war gewischt und sollte nun trocknen.

Er setzte sich entspannt auf den Platz den zuvor die junge Dame einnahm, sah zur Küchentür und bemerkte wie sie leise und schüchtern Stück für Stück immer weiter aufgedrückt wurde und sich jemand durch den entstandenen Spalt schob.

Blonde lange Haare, ein Gesicht, Jon hielt den Atem an... die junge Frau kam zurück in die Küche und trippelte auf nackten Zehenspitzen vorsichtig zwei drei kleine Schritte weiter. Sie trug jetzt ein weißes kurzes Kleid, sah irgendwie römisch aus, einer Tunika gleich, wie er meinte, ähnelte dem was er kurz zuvor aus der Waschmaschine fischte.

Das Stoffstück spannte sich wie eine zweite Haut um den Körper der jungen Dame und war atemberaubend transparent, präsentierte mehr als es verdecken sollte, jedenfalls an zwei gewissen sehr gut gewachsenen Stellen weit oberhalb des Bauchnabels, irgendwie sah es aus als wäre die junge Frau bereits vor Monaten aus dem Teil herausgewachsen. Zwei heftig erregte Knospen drückten sich durch das weiche hauchdünne Baumwollgewebe und Jon war kaum in der Lage seine Gedanken zu ordnen, oder sie anzusprechen, oder sonst irgendetwas... das übernahm sie für ihn...

>>Salve aliena... a Amicum? Ego audivi mirabile sonos... mea nomine est Evara...<<
Halldurson fiel die Kinnlade herunter... was für eine Stimme, so süß, so sanft, so wundervoll weich...
>>Ich verstehe dich leider nicht... sprichst du italienisch... do you speak italiano?<< versuchte er sich...

»Nihil... mea dicere Latinae... vos intelligere?« flüsterte Evara zurück.

Es kam ihm vor als stünde ein singender Engel vor ihm, so eine weibliche klare Frauenstimme hatte er noch nie gehört, zu der Stimme passte auch das fein geschnittene Gesicht mit den hohen Wangenknochen, die süße Stupsnase, die vollen, herzförmigen rosa Lippen und diese unglaublich helle Haut.

Makellos, einfach perfekt... doch da, unter ihrem linken Augen erspähte Jon eine gelb-grünlichen länglichen Fleck, der dort sicher nichts zu suchen hatte, da gab es da vielleicht einen kleinen Unfall?

In diesem Haus reihte sich Ereignis an Ereignis und Wunder an Wunder...

»Was sagtest du vorhin, Evara? Ist das dein Name« Jon sprach nun ebenso leise wie sie selbst.

»Name?« wiederholte sie zögernd...

»Ah, Nomine... Evara... recte...« sie nickte kurz und sah ihn direkt in die Augen als sie weiter sprach.

»Tua Nomine?« sie legte den Kopf ein wenig schief, ihr langes Haar fiel zur linken Seite ihre Augen blitzten auf.

In Jons Gesicht entstand ein Fragezeichen., sie wiederholte ihre Frage.

»Mea Nomine... Evara... tua Nomine?« sie tippte sich kurz an ihre aufregende Brust, anschließend zeigte Evara mit dem Zeigefinger auf Halldurson.

>>Jetzt verstehe ich... dein Name ist Evara... also, mein Name ist Jon...<< Er stand ruckartig auf und ging mit vorgehaltener Hand auf Evara zu.

>>Non non...<< rief sie erschreckt, riss das nasse Kleid von der Stuhllehne, drehte sich um und lief erneut zur Küchentür hinaus, was blieb war nur ihr lieblicher Lavendelduft...

„Tja, und weg ist sie... ich hab sie wohl verscheucht, dass hübsche scheue Reh... und was war das für eine Sprache Latein? Wer sprach denn heute noch Latein?" dachte Jon und seine Verwunderung über die Geschehnisse in diesem Haus nahmen noch einmal zu. *„Was für eine wunderhübsche Frau, und reichlich Fußspuren auf dem Küchenboden, dann wisch ich wohl noch einmal..."* doch dazu sollte er nicht kommen, denn es klingelte oben an der Rezeption.

Halldurson ließ sämtliches Putzwerkzeug liegen und eilte im Rekordtempo die Treppenstufen nach oben zur Rezeption hinauf.

Sichtlich außer Atem sollte sich Jon seiner nächsten Prüfung unterziehen.

Er staunte nicht schlecht wer oder was da nun vor ihm stand.

>>Guten Morgen...<< presste es Jon aus seinem Mund heraus und hoffte, nicht im nächsten Moment in schallendem Gelächter auszubrechen.

Doch was sagte Hans auch zu solch einer Situation...
„Es ist ein Geschäft, darüber lachen wir nicht..." Hans musste es ja wissen und Jon versuchte sich zusammen zu reißen.

>>Wie kann ich ihnen weiter helfen? Haben sie gebucht? Wenn ja, auf welchem Namen?<<
Halldurson versuchte sich als smarter Hoteldirektor, klemmte sich durch die Schranke und glitt hinter den Tresen. Er musterte die zwei Gestalten vor ihm, der eine Herr war gut zwei Meter groß, der andere Herr oder Dame... gut einen Kopf kleiner. Der große trug ausnahmslos Lederklamotten, sein Kumpel oder eventuell seine Geliebte?... ein dunkelblaues Etuikleid.

Der „Herr Dame" steckte wirklich in einem Etuikleid...
Jon`s Augen klebten am Ausschnitt des Kleides, die pech- schwarze Brustbehaarung kräuselte, wucherte aus ihm hervor und es sah wirklich zum umfallen grotesk aus.

>>In der Tat, wir haben gebucht, Hummer, Walter und Inge Hummer...<< flötete der kleinere, die „Dame" von den beiden Herren.

Jetzt wäre es beinahe wirklich aus ihm herausgeplatzt, Jon drehte sich um, hielt eine Hand vor den Mund, kniff die Augen zusammen und versuchte sich zu Konzentrieren, hustete mehrmals um nicht aufzufallen.

„Inge und Walter Hummer... das gibt es doch nicht..." dachte Halldurson, holte tief Luft und widmete sich wieder seinen Gästen.

>>Nun, einen Augenblick... da muss ich kurz nachsehen.<< der stellvertretende „Hoteldirektor" blätterte zur letzten beschriebenen Seite des Gästeverzeichnisses und tatsächlich, dort standen die Namen der beiden „Herren"...

Es lag auch eine Anweisung in Form eines Schmierzettels für Jon bereit. Ein Aufnahmedokument sollte bei Anreise unterschrieben werden, Haftungsausschluss oder so war dort zu lesen.

Der „Herr" mit dem blauen Kleid trat etwas näher an den Tresen um das Papier zu unterzeichnen, während Halldurson ein Licht aufging warum der Nachnahme der beiden „Eheleute" auf „Hummer" titulierte.

Die „Dame" der Herren verbreitete einen penetranten irgendwie warmen, honigsüßen, Fischgeruch, der einem den Mageninhalt augenblicklich durch die Kehle trieb, sofern man sich nicht im Griff hatte... vielleicht klemmte „ihr" ein Stückchen Fisch in der Unterhose oder „es" hatte sich vier bis acht Wochen an einer gewissen Stelle nicht gewaschen...

Die neuen Gäste bekamen die vorgesehenen Schlüssel, und die zwei kannten sich im Hotel bereits bestens aus, wie sie ihm versicherten.

Jon brauchte das „Paar" nicht zu begleiten und wenn er ehrlich war, dass hatte er auch nicht vor gehabt.

Der Rest des Tages verlief ruhig. Hans ließ sich nicht mehr blicken, ebenso Evara. Vielleicht sah er sie morgen noch einmal, denn irgendwo musste sie ja untergekommen sein.

Die Fußböden waren gewischt, selbst das Fenster im Erdgeschoß zum Garten bekam einen Schwall Wasser ab und glänze wie zu den Zeiten des erstlichen Einbaus.

Irgendwie freute er sich auf den nächsten Tag und vor allem auf die junge Dame... Evara, ein schöner Name eine schöne Frau,... geheimnisvoll, so geheimnisvoll wie das ganze Haus hier.

Jon wusste, dass war nicht das letzte Abenteuer in diesem Hotel... und er sollte damit recht behalten...

XXX

Unruhige Gedanken wirbelten umher, verdrängten das einfarbige alltägliche Einerlei, wie ein tiefer Schnitt durch das einst gelähmte Hirn eroberten neue fantastische Eindrücke ihre komplette Aufmerksamkeit.

Ein Mann... ein Gesicht... ein unverbrauchtes Gesicht... so feine Linien um seinen dünnlippigen Mund, vom Leben gezeichnete, vom Wetter gegerbte Haut lag über seine lang gezogenen Wangenknochen, sanfte Grübchen in seinen Mundwinkeln, sein kantiges Kinn übersät mit zarten tief schwarzen Stoppeln, wie männlich...

Dieser nette Mensch betrat ihre Welt, legte sich wie ein Schatten auf ihre Haut, er brachte etwas neues... dieser Geruch, diese Laute... er war so anders, etwas völlig anderes, so etwas gab es hier noch nie, hier in ihrer wundervollen einsamen Welt.

Dieses neue Gesicht war kein Gast, wie die anderen Menschen hier.

Oder wie die Menschen auf der anderen Seite...

Viele hatte sie schon gesehen... von ihrem Fenster aus, dem kleinen Kellerfenster. Eine gute Beobachterin war sie. Menschen, sie lebten da draußen, draußen in dieser anderen Welt, wie war es dort? In ihren wenigen Büchern stand nicht viel darüber.

Sie beobachtete viel... die andere dort oben veränderte sich mit der Zeit.

Es wurde hell dann gab es wieder Zeiten ohne Licht.

Große weiße Gebirge am Himmel, gab es die dunkle Zeit und nur wenige von ihnen, so sah sie Punkte dort oben, sie sahen aus wie Nadelstiche im seidenen Mantel des Universums... so prachtvoll und wunderschön...

Wind blies, der Regen fiel, bunte Blätter schwebten herab. Die Bäume waren irgendwann kahl und dass weiße Wasser war wunderschön und blieb so unendlich lang und war so furchtbar kalt...

In ihrem Universum hingegen gab es das nicht. Es war immer gleich, nichts veränderte sich.

Auch die Luft schmeckte anders da draußen... Evara mochte diese Luft nicht, in ihrer Dimension war sie viel vollkommener, runder, geschmackvoller, intensiver...

Hier war ihr Reich, ihr Heim, dass sie kannte und beherrschte.

Doch dieses neue Konterfei ging ihr nicht mehr aus dem Sinn... der neue Servus für ihren Gebieter, ihrem Dominus... den wollte sie unbedingt wiedersehen... und sie würde es, dass war Evaras fester Wille...

XXX

Vier flackernde, zuckende, mit Leuchtdioden betriebene Fackeln an den weiß gefliesten Wänden, sie schenkten nur spärliches zaghaftes Licht, die das tiefe dunkel des Raumes kaum vertreiben mochten, als besäßen sie große Ehrfurcht vor der lähmenden Schwärze der pechfarbenen Finsternis oder die Batterien waren einfach am Ende. Auch der Boden war weiß gefliest, in der Mitte des Raumes ein runder Wasserablauf, gruselige Schlachthausatmosphäre.

Möbel zum Sitzen oder zum Schlafen gab es hier nicht. Auch einen Schrank oder dergleichen zum Unterbringen seiner Mitbringsel suchte man hier vergebens.
Für diesen Zweck war dieser Raum auch nicht geschaffen.
Direkt über dem Wasserablauf stand ein hüfthoher aus Holz bestehender Bock mit vier Beinen.
Der auf den stabilen Holzbeinen befestigte Querbalken war mit Kunstleder ummanteltem Schaumstoff ausgepolstert.
Die nackte Gestalt die kopfüber darauf lag war mit Händen und Füssen an jeweils einem der vier Beine des Bockes mit kurzen dunkelbraunen Lederriemchen gefesselt. Eine weitere Gestalt stand hinter der gebundenen und vergnügte sich an ihr.

Wilde Laute verließen die Münder beider Protagonisten, immer wieder klatschte es, schrie einer der Beiden wie von Sinnen auf und verlangte mehr, noch mehr... noch viel viel mehr...

Eine weitere, dritte, beinah unsichtbare Person stand im Hintergrund des Raumes, hielt sich jedoch zurück und schien auf etwas zu warten.

Die Heftigkeit der Aktionen der beiden am Holzbock nahm stetig zu und lief auf ein bestimmtes Ziel hinaus. Wilder und wilder wurden sie, benahmen sich wie ungezügelte Tiere, die gebundene Gestalt ließ in der Härte der Aktionen hinter ihr, ihren Blaseninhalt freien Lauf... abartigste Perversionen...

Die anmutige Kreatur im grauen Hintergrund straffte nun ihren Körper als stünde etwas unmittelbar bevor, sie fing jetzt selber heftiger zu atmen an, dass Stakkato ihres Herzens wurde entfacht durch die zunehmende Wildheit dieser Menschen vor ihr, sie war der Meinung die Lust der zwei animalischen *„Tiere"* zu schmecken, selbst zu fühlen... ein Gleichklang ihrer Hirne, der feine Schatten erlebte was die diabolischen erlebten... jetzt jetzt... ja jetzt gleich würde es geschehen...

Drei vier hektische Schritte ging der zitternde graue Schatten auf die sich berauschenden zu, stand nun unmittelbar bei ihnen, eine winzige Armlänge nur entfernt.

Es passierte...

Der erste der zwei verwerflichen Personen schrie wild auf, das zweite Wesen folgte sogleich... der zierliche Schatten reagierte, hob den Arm und ließ den langen, im Fackellicht aufblitzenden Gegenstand kunstvoll kreisen.
Die Lustvollen Schreie wurden erstickt, röchelnd versuchten ihre Lungen nach Luft zu betteln, doch sie bekamen nur Flüssigkeiten die dort nichts zu suchen hatten.

Vorbei.

Indes begann für die zerbrechliche Gestalt nun erst die eigentliche Aufgabe. Ihre Besessenheit für die Leidenschaft des Sammelns nahm ihr die Scheu für das was sie nun tat. Nur wenige Augenblicke und wenige geschickte Handgriffe dauerte es und in ihren Händen lagen zwei weitere Trophäen für ihr Arsenal des Grauens...

Teilnahmslos ging der sanftmütige schmale Schatten zum Waschbecken am Ausgang des Raumes, drehte den Hahn und wusch sich ausgiebig die Hände.
Die Beseitigung der so eben Vergangenen sollte jemand anderes übernehmen.

Das graue Phantom schwebte leichtfüßig zur Tür, bevor es den Raum verließ drehte es sich zu den beiden nun für ewig stummen um, hob die Arme, senkte verbeugend den Kopf und sprach...

Opus consummate est

XXX

„Werk ist vollendet"

Der Motor des alten Pritschen- Bulli verstummte, Jon zog die schwerfällige Feststellbremse, hoffte das sie hielt und war froh ohne Motorschaden wieder am Hotel angekommen zu sein. Der Frankfurter Ermittler wischte sich mit dem Handrücken über seine geröteten Augen. Die letzte Nacht war ähnlich Alptraum geplagt wie die zuvor und so gab es wieder viel zu wenig Schlaf.

Letztendlich entkam er so etwas früher dieser Horrormatratze seines Pensionsbettes, die seinem geplagten Rücken einer gnadenlosen mittelalterlichen Folter unterzog.

>>Nen ganz schön altes Geschoss was?<< feixte Steven vorlaut, öffnete die Beifahrertür und sprang hinaus.

>>Da gebe ich dir recht...<< rief Jon ihm hinter her.

Steven...

Den Jungen lernte er auf dem Parkplatz des größten Supermarktes hier in Braunlage kennen. Der vierzehnjährige lungerte mit seinen vier Kumpels, darunter ein eher schüchtern oder zurückhaltend wirkendes dunkelhaariges Mädchen, vor dem Eingangsbereich des Kaufhauses herum, tranken eine Dose Energiedrink nach der anderen, machten sich über kommende und gehende Menschen lustig, lachten laut und hatten wohl ihren Spaß.

Auch Jon selbst wurde von den halbwüchsigen ausgelacht und eigentlich verstand er die fünf ganz gut. Es musste verdammt komisch ausgesehen haben, nachdem Jon den ersten Einkaufswagen, vollgepackt mit kantigen ein Liter Milchtüten umständlich aus dem Laden und zu dem Bulli schob.

Was er denn mit der ganzen Milch machen wollte, so sprach Steven ihn an. Ob er die Kühe auf der Weide wieder betanken wollte... das anschließende Gelächter schallte über den ganzen Parkplatz.
„Man, du bist doch irre..." rief ein anderer.
„Tja, wenn du das gern wissen möchtest was ich damit vor habe, kannst du oder könnt ihr mir gern helfen... es springt auch etwas für euch raus..." so lockte Jon die vorlaute Bande.

Und tatsächlich, einer machte mit, Steven erklärte sich bereit ihm zu helfen. Den anderen vier Jugendlichen erzählte Jon wo es hingehen sollte und versprach ihren Kumpel nach dem Abladen sofort zurück zu bringen.
„Ja dann mach mal hinne alta... bist ja wohl kein Perverser oder?" plärrte einer der anderen Rotzlöffel.

Sie holten den zweiten und den dritten Einkaufswagen voller Milchtüten, insgesamt zweihundertfünfzig Liter. Was Hans nun genau damit vor hatte, blieb erst einmal sein Geheimnis.

Der junge Mann kam nach hundert Liter ganz schön ins Schwitzen, der „muskelbepakteste" war Steven gerade nicht, eher der dürre, drahtige, ausdauernde Typ.
„Hey, dass müssen wir auch wieder abladen, willst du immer noch mit?" Selbst mit dieser Drohung war der Junge nicht von seinem Vorhaben ihm zu helfen abzubringen.

Jon öffnete die Fahrertür und stieg ebenfalls aus dem Wagen. Sein junger Helfer war bereits mit dem ersten Milchkartons ins Hotel verschwunden. Als er wieder erschien kam er nur geschätzte fünf Meter weit, denn Hans stampfte ihm hinter her und maßregelte den Jungen mit ungewöhnlich scharfen Worten. „Was ihm denn einfiele, die Kartons einfach so auf den Boden zu werfen... was er da zu suchen hätte..." und und und...

>>Hey, bleib ruhig bello... schrei mich nicht an... chill mal runter alta, sonst kackt dein Herzschrittmacher ab... << blökte Steven tapfer zurück und überwand die restlichen Meter bis zum Fahrzeug vorsorglich etwas schneller.

>>Frecher Bengel, lass dich hier bloß nicht wieder blicken... und du, steh nicht rum, wofür wirst du bezahlt, bring die Sachen rein, die Gäste warten bereits darauf...<< pöbelte Hans, drohte mit der Faust in Richtung des Jungen, drehte sich um und verschwand wieder.

\>\>Man der Typ geht ja gar nicht... der ist ja genau so dämlich wie man es sich so erzählt...\<\<

\>\>Ach so? Was erzählt man sich denn so?\<\< Jon war froh den Jungen getroffen zu haben und hoffte auf weitere Auskünfte.

\>\>Naja, das Übliche eben, der soll ne Schraube locker haben... und hier sollen merkwürdige, komische Typen anreisen... und es soll Gäste geben die nie wieder abreisen... und Schreie will man gehört haben und es soll hier spuken...\<\<

\>\>Und und und.. wer hat dir so etwas erzählt?\<\< Jon musste Lachen.

\>\>Hab ich von meinen Freunden, aus der Schule... Lehrer sagen, wir sollen aufpassen, hier nicht rum hängen, uns von diesem Ort fern halten und so... ein paar Kumpels waren schon hier... im dunkeln, ne Art von Mutprobe... einmal hat der Irre den Torben erwischt, ihn durchgeschüttelt und geschubst... man... Torben hat vielleicht nen Hals, irgendwann will er den Hans nen Streich spielen... sagt er...\<\<

\>\>Dieser Torben, ist das ein guter Freund von dir?\<\<

\>\>Ja klar, sie haben ihn ja gesehen... vor dem Geschäft...\<\<

\>\>Der Junge mit der Jeansjacke und dem kleinen Totenkopf- Aufnäher?\<\<

\>\>Genau...\<\<

»Und das Mädchen? Die ist sehr hübsch... deine Freundin?« Jon zwinkerte mit dem Auge...

»Quatsch... nee... die doch nicht... neeiin, Quatsch...« Steven winkte schnell ab, grinste aber dabei schelmisch.

»Viola ist ein sehr guter Kumpel, hilft mir oft bei den Hausaufgaben... wir hängen viel rum, machen dies und das... es gibt viel zu lachen...«

»Hört sich nach einer super Freundschaft an.

Na dann will ich dich mal nicht länger von deiner Viola abhalten...«

»Hey, nicht „meine" Viola...« unterbrach in Steven.«

»Janee... ist schon klar... soll ich dich zurück fahren? Mit Hans wird das wohl nichts mehr und hier ist das versprochene Geld.«

»Cool, danke man...« Der junge Mann strahlte mit der Sonne um die Wette, wischte sich eine lange Haarsträhne aus der Stirn und steckte sich schnell die Banknoten ein.

»Zurück bringen brauchen sie mich nicht, ich laufe durch das Tal, dort hinten gibt es eine kleine Brücke, da komm ich schnell über den Bach und schon bin ich wieder...«

»Bei Viola...« beendete Jon scherzend den Satz und Lachte.

»Man, sie sind vielleicht nen Witzbold...«

\>\>Sind sie eigentlich sein Ben? Der hat sie eben auch ganz schön angemotzt... sind sie hier nicht der Geschäftsführer oder so? Wohnen sie hier? Wie ist es in dem Hotel, ist es groß? Gibt es viele Gäste dort?<<

\>\>Mal der Reihe nach... sein „Ben" bin ich nicht, er ist nun mal der Chef... da darf er sich sein Verhalten erlauben... ich wohne hier nicht, nicht das ich nicht gefragt wurde. Etwas Distanz zum Arbeitsplatz und zum Vorgesetzten ist mir wichtig... und es spukt nicht im Hotel, zumindest bis jetzt noch nicht... aber jetzt mal was anderes.

Bevor du wieder verschwindest habe ich noch ein Bitte an dich.<< Steven spitzte die Ohren.

\>\>Du kennst dich hier doch gut aus wie ich meine...<<

\>Ja klar, dass heißt, eigentlich ganz gut, so lang wohne ich hier noch nicht. Aber ich bin schon gut rum gekommen...<<

\>\>OK, also... da müsste ein guter Freund von mir demnächst hier in Braunlage ankommen, ein Polizist...<< der aufgeweckte Junge spitzte seine Ohren noch mehr, seine Augen wurden groß.

\>\>Mit einem Auftrag? Geheimmission?<< fragte Steven neugierig.

\>\>Nein, eigentlich nur Urlaub... aber er wollte mich besuchen, ich habe leider nicht viel Zeit um ihn abzuholen, oder ihm zu zeigen wo ich arbeite.<<

>>Ist das auch so ein komischer Gast? Wie man hier erzählt so?

>>Nein, kein komischer Gast, er wohnt hier auch nicht oder wird hier nicht wohnen... kennst du zufällig die Herzog- Wilhelmstrasse, und die dazugehörige Nummer dreiunddreißig? Da gibt es wohl eine Ferienwohnung, dort ist mein Freund abgestiegen.<<

>>Sagten sie Herzog- Wilhelmstraße dreiunddreißig? Das gibt es nicht, da wohne ich auch...<<

>>Na so ein Zufall, da hat uns wohl das Schicksal zusammen geführt...<< Jon lachte auf und schlug Steven väterlich auf die Schulter, der verzog schmerzvoll das Gesicht und erkundigte sich nach der genauen Ankunftszeit des Polizisten.

>>Ich denke heute zum frühen Nachmittag... also, es wäre sehr nett von dir wenn du meinen Freund informierst und ihm die Adresse von diesem Hotel gibst, oder bring ihn doch einfach zum späten Nachmittag hier her, ich glaube, dass ist so am besten. Und die nächste Belohnung wartet auf dich...<<

>>Ja klar, für nen weiteren Zwanni mach ich alles... naja, fast alles...<<

>>Ok, dann hab vielen Dank für deine selbstlose Hilfe und grüß Viola von mir...<< lachte Jon abermals auf und drückte Stevens magere knochige Hand.

>>Ihnen auch vielen Dank, aber so machen wir das hier...<< Steven streckte Jon seine Faust entgegen.

>>Ach ja, sorry...<< Halldurson ballte ebenfalls seine Faust und schlug leicht gegen Stevens.

Der Junge drehte sich um, lächelte ebenfalls... und plötzlich jagte eine Adrenalin und Euphoriewelle durch seinen jungen Körper...

„Warum ist mir diese Idee nicht schon früher gekommen, dass wird ein irrer Brüller..." dachte Steven, lief die sehr langgezogenen steile Auffahrt des Grundstücks zurück und wollte sein so eben erdachtes Vorhaben so schnell wie möglich in die Tat umsetzen.

XXX

Jon sah den Jungen für ein paar Sekunden Kopfschüttelnd hinter her, er wurde kleiner und kleiner, verschwand bald hinter der nächsten Hecke... ein aufgewecktes Kerlchen, nett, hilfsbereit, nicht auf den Kopf und vor allem nicht auf den Mund gefallen.

Die Milch kam ihm wieder in den Sinn, der angehende „Butterberg", wenn er denn noch länger in der Sonne kochte, sollte zeitnah bewältigt werden, sonst gab es mit Sicherheit keinen „Feierabend" und der stand, nach einem kurzen Blick zur Uhr, unmittelbar an.

Nicht wenige Menschen erarbeiteten sich ihren Lebensunterhalt mit derart schwerer Arbeit, davor hatte Jon großen Respekt. Für ihn kam diese Schufterei nicht in Frage, und war froh „nur" als Ermittler hier zu sein. „Nur" als Ermittler... naja, so einfach war es nun auch nicht, und riskierte er nicht auch sein Leben dabei?

Ein paar aufkommende Wolken verdeckten die strahlende Sonnenscheibe und das war auch gut so, die Schlepperei gestaltete sich deshalb etwas erträglicher und weniger schweißtreibend. Trotz allem wusste Jon immer noch nicht was der gute Hans mit dem Milchsee vor hatte. Erst einmal standen die Kartons gut aufgestapelt in der schmalen Eingangslobby des muffigen Hotels.

Jon wischte sich abermals mit dem Handrücken die Stirn und dachte *„mit Steven wäre es einfacher..."* als ihn das Stück Papier auf dem Tresen *„lies mich"* zu rief. Er griff sich das Blatt und las...

„Bring die Milch in das zweite Kellergeschoss und zwar in das Badezimmer mit dem Whirlpool, die K2 Nummer neun, ganz hinten... die Gäste kümmern sich dann um alles Weitere... und wie immer, es werden keine Fragen gestellt, alles klar soweit? Und noch etwas, erledige noch folgenden Auftrag oder sagen wir mal so, dein Arbeitstag heute wird etwas länger als du es dachtest. Die Gäste aus der K1 Sieben haben ihre „Henkersmahlzeit" gebucht. Klingt makaber ist es auch oder nicht. Nimm das frische geschnittene Fleisch aus dem Kühlschrank, wasch es ordentlich und brate es wie der Chefkoch persönlich, überrasch mich mit deinen Koch- Qualitäten, zaubere eine deftige Mahlzeit für das nette „Ehepaar"... ich bin mir sicher, es wird dir jemand helfen... die Gäste aus der K1 Neun werden wohl auch erscheinen, die „Damen" aus der K1 Acht sind bereits abgereist, haben uns also verlassen ohne Festmahl, danach gibt es einen kleinen Umtrunk. Füll den Kühlschrank auf, stell den billigen Fusel kalt, dafür hast du drei Stunden Zeit. Gegen zwanzig Uhr sollte das Festmahl beginnen, ich hoffe sehr du bleibst und hilfst noch beim sauber machen und komm morgen ja nicht zu spät, sonst fliegst du.

>>Das darf doch nicht war sein... was für ein Diktator, zweihundertfünfzig Liter Milch in das zweite Kellergeschoss schleppen... ein Festmahl in kürzester Zeit kreieren, ja klar. Danach den Kellner spielen und anschließend alles wieder auf null bringen, nicht zu fassen was man hier erlebte... was für eine Strafe...<< stöhnte Jon ausgiebig und wünschte sich Steven erneut herbei, doch ein Telepath war er leider noch nicht.

XXX

Zweihundertdreiundfünfzig...

zweihundertvierundfünfzig...
zweihundertfünfundfünfzig...

Jon hörte irgendwann auf die Stufen zu zählen. Die Füße waren bereits Schweiß umspült, ebenso seine Achseln, sein Shirt klebte auf der Haut, genau wie sein langes Haar, er war fix und fertig.

>>Ich fang das Joggen wieder an, ich schwöre es mir hiermit hoch und heilig...<< pustete Jon als die letzte Milchtüte ihren Platz vor dem nierenförmigen Pool fand.

>>Wer weiß was die Irren damit anstellen mochten, vielleicht ein Milch und Honig Bad wie einst Kleopatra? Die Fisch- Zombies sind doch zu allem fähig... in diesem muffigen Dreckloch kann man ja kaum Atmen... wie im Augiasstall, und dazu ne Luftfeuchtigkeit von neunundneunzig Komma neun Prozent, gepaart mit dem Brechreiz erregende Gestank dieses idiotischen Hummerpärchens... die gehören doch unter Beobachtung... ich werde das später mal in die Wege leiten, unfassbar... das muss schleunigst ein Ende finden...<< flüsterte er leise und drehte sich dabei scheu um, als hätte jemand etwas mitbekommen.

„Aber sie taten doch niemanden etwas... gab es ein Gesetzt gegen Dummheit oder Perversion?" Jon schüttelte den Kopf.

Das vergilbte Waschbecken an der Wand, nur vier Schritte von ihm entfernt, lud nicht zum Auffrischen ein, dennoch... einen kalten Schwall Wasser ins Gesicht konnte bestimmt nicht schaden.
Der Frankfurter Ermittler zog sein schweißgetränktes T- Shirt aus, ließ Wasser in die trichterförmig zusammengelegten Hände laufen und benetzte zu erst seine erhitzte Gesichtshaut mit dem eiskalten Nass, und es war wirklich eisekalt...
Es folgten seine haarigen Achseln, sein mehr oder weniger gestählter Oberkörper und Jon vergaß völlig das es keinerlei Möglichkeit zum Abtrocknen gab. Jedenfalls hatte er nicht vor das stockfleckige Handtuch zu nehmen was über einer leicht angerosteten Metallstange links neben dem Waschbecken hing und von dem beinahe blinden Spiegel ablenkte.
\>\>Verdammter Mist...\<\< fluchte er leise und zog sein Shirt umständlich wieder an.
„Das sich Menschen in so einer Umgebung wohl fühlten, Geld für so etwas bezahlten... eine Sauerei ist das..." dachte er und der gestrige Rundgang kam ihm wieder in den Sinn.

Eine Puppe auf dem Motorrad... er war der festen Überzeugung und davon ließ Jon sich auch nicht abbringen, dass dieses Etwas sich bewegte... oder doch nur Einbildung? *„Ach was auch immer..."*

Ein letztes Detail fiel ihm jetzt erst ein... *„ja genau, es war ja hier... in der zweiten Kelleretage... raus aus dem Zimmer und ein paar Meter nach rechts..."*

\>>Dann mal los...<< trieb er sich flüsternd an.

Im Gang hielt sich niemand auf, Stille im tiefsten Untergeschoss. Jon linste angestrengt nach links, dann nach rechts... und blickte in die Dunkelheit des Raumes. Nichts zeichnete sich ab.

Die flackernde „Flurbeleuchtung" endete weit vor dem Whirlpoolzimmer und sein Handy lag noch immer im Pritschenbulli, na klar...

\>>Aber hier stand es doch, das Motorrad... verdammt... oder nicht?<<

Tastend wagte er den ersten Schritt vorwärts, noch ein Meter, Nummer acht, neun, zehn, elf, zwölf... und stieß mit seiner Nase gegen ein Hindernis...

Jon zuckte zurück, streckte seine Hand vor... da war etwas, etwas glattes, kühles...

Eine dicke Plastikplane, schwarz wie der Kaffee am Morgen und roch penetrant nach billigem China-Import, so bedeckte sie den gesamten Flur in voller Breite.

Seine Hände tasteten die Plane nach einem Durchgang ab, den fand er nicht in der Mitte, vielmehr am rechten Rand zur Mauer gab es eine Öffnung, hier war der schwarze PVC Behang nicht befestigt. Die Abtrennung wich knisternd zur Seite, Jon schlüpfte hindurch, und sah... nichts, hier war es noch dunkler als vor der Plane, lag irgendwie auf der Hand, ihn wunderte nichts mehr. Seine Handflächen tasteten weiter die rechte Wand entlang, fühlten mit einem Mal etwas weiches, haariges...

Gänsehaut...

Halldurson zog blitzartig die Hand von der rauen Wand. Ekel stieg in ihm auf... eine fette behaarte Spinne? Schimmel? Oder doch schlimmeres? Jetzt hörte er etwas...
Eine Stimme... eine Tür... ein Schlüssel knarzte ungeduldig im rostigen Schloss... die Stimme verstummte, eine Tür wurde langsam aufgezogen, Angeln verlangten kreischend nach Öl und Jon spurtete auf Zehenspitzen und mit klopfenden Herzen sofort zurück zum Milchplansch- Zimmer... dank des schimmelig, stockig duftenden Teppichs einigermaßen geräuschlos, schlüpfte stolpernd hinein und versteckte sich wie ein ertappter Pennäler hinter der breiten, weit offenen Eingangstür.

Seine Lungen schrien nach Luft, doch die hielt er an, sein Magen grummelte... ausgerechnet jetzt.

Die letzte Mahlzeit lag schon einige Stunden zurück, unterdrücken konnte er es nicht und er biss sich auf die Lippen das es schmerzte...

Etwas knisterte... der Vorhang... jemand schlich über den Teppich und blieb direkt vor dem Whirlpoolzimmer stehen...

Eine Person kicherte glucksend, kaum wahrnehmbar...

„Ist das etwa Evara?" dachte Jon und rang nun sehr flach nach Atem da bereits kleine Sternchen vor seinen Augen zerplatzen, er war drauf und dran sich erkennen zu geben.

Die Geräusche auf dem Teppich entfernten sich plötzlich, Jon`s Anspannung wich einer beinah greifbaren Erleichterung. Er verließ sein primitives Versteck und schnaufte tief durch.

Wer da eben vor der Tür stand, jedenfalls dem freudigen Kichern nach zu urteilen musste es sich um eine Frau oder Mädchen handeln, die Stimme war für einen Mann zu hoch. Also doch Evara? Der Duft, Lavendel, es war Evara... oder gab es hier noch mehr Frauen, Gäste oder Angestellte die diesen intensiven Lavendelduft verströmten? Wie war das noch... *„die anderen Räumlichkeiten waren für ihn Tabu?"*

Es gab also noch etwas zu entdecken, unbekanntes ans Tageslicht zu hieven.

Und noch etwas fiel ihm auf.

Der Geruch hinter dem Plastikvorhang erinnerte ihn stark an Verwesung. Vielleicht lag dort eine dicke fette schwarzhaarige Ratte und wurde langsam von glitschigen wimmeligen Würmern zerteilt. Ein Festmahl für die herrschende Unterwelt.

Und das nun kurz **vor** der Zubereitung des Abendessens.

Das Abendessen also, oder wie Hans schrieb „die Henkersmahlzeit" für das nette Gästepärchen, dass sollte Halldurson`s nächste Herausforderung sein und für einen Tiefkühlpizza- Freak wie Jon es eben war, keine leichte Profession. Fleisch aus dem Kühler nehmen, anbraten oder so ähnlich. In Ordnung, dann spielte er jetzt auch noch den Koch.

Irgendetwas stimmte hier ganz und gar nicht, auch da war Jon sich sicher und er war sich auch sicher, dass sich hier etwas zuspitzte, er an etwas schnupperte, den Faden der Ariadne schon längst in den Händen hielt... nur hatte er keineswegs vor aus dem Labyrinth zu entkommen, ganz im Gegenteil, er nutzte hier den Faden um tiefer hinein zu gelangen... mitten hinein in das Unheil... oder war das alles doch nur ein Hirngespinst? Nur eine Absteige, ein Ort wo sich zweifelhafte Mitmenschen trafen um sich auf das ekelhafteste und perverseste auszutauschen?

„Das Geld liegt auf der Straße..." erzählte Hans. Man konnte es ihm nicht verübeln, er verdiente wohl sein Geld damit, nur eine Erlaubnis sollte Hans schon vor weisen, eben für sein Etablissement.

Also, aufhören, sich erkennen zu geben oder weiter machen? Jon entschied sich nach kurzer Überlegung für letzteres.

Seine Hitze verflog nicht, die feuchte Wärme in diesem Untergeschoss war kaum mehr zu ertragen, hielt ihn umfangen, ließ Jon weiter schwitzen wie einen Asphaltleger im glutheißen Hochsommer. Er zog sein immer noch feuchtes Shirt glatt verließ den Milchladen und ging den Korridor entlang bis zur Küche.

Seine Hand legte sich zaghaft auf den Drücker, doch er zögerte mit dem Öffnen, in der Küche hielt sich jemand auf, schwaches Licht sickerte durch einen Spalt am Boden, er hörte wie jemand ein Lied summte, diese Stimme... dass konnte nur Evara sein.

Demnach war es tatsächlich „sie" die an der Tür zum Whirlpoolzimmer stand und aus einem der Räume hinter dem Plastikvorhang kam. Gehörte das Zimmer ihr oder war es nur ein Lagerraum? Vielleicht gab es dort ein paar Antworten auf seine Fragen, später würde Jon dort nach sehen.

Halldurson fuhr sich mit seinen Fingerspitzen durch sein langes klammes Haupthaar, dann gab er sich einen Ruck und öffnete vorsichtig die Küchentür, sollte Evara dort drinnen sein, so wollte er sie nicht wieder mit einer ungestümen Aktion frühzeitig verscheuchen.
Und wirklich...
Dort stand sie also, an der Spüle und putzte wohl den Haus eigenen Schatz, dass grau und unansehnlich angelaufene Silberbesteck.

Er musterte sie, sein Herz klopfte augenblicklich mehrere Takte schneller, einem Trommelwirbel gleich...
Sie trug immer noch ihr atemberaubendes, viel zu enges, kurzes, tief ausgeschnittenes weißes Kleidchen, es klebte förmlich an dieser Frau, sie schwitzte wohl ebenfalls... ihre Kurven zeichneten sich sehr rasant darunter ab, Monte Carlo war nichts dagegen.
Ihr Kopf ruckte herum, sie sah ihn mit versteinerter Mine an, Evara hielt ein blinkendes langes Messer in der linken und ein blaues gemustertes Geschirrtuch in der rechten Hand.
Für zwei Sekunden bewegte sich niemand...
>>Hallo Evara ich bin es, Jon...<< sagte er schnell, aber vorsichtig und mit leiser Stimme.
Die junge Frau erkannte ihn, fing an zu lächeln.

\>\>Salve Jon... me terrui<< *(ich bin erschrocken)*

\>\>Veni auxilium me...<< *(komm hif mir)* sie lockte mit dem Zeigefinger. Jon war sich nicht sicher was sie genau von ihm wollte, denn er verstand nicht ein Wort... das lange Messer irritierte ihn auch... was er meinte verstehen zu können war nur *"salve Jon"*.

\>\>Placere adiuva me...<<

Jetzt stand Halldurson genau neben Evara, die Luft war elektrisch geladen, sein Herz klopfte bis zum Hals, da war er wieder dieser süße Lavendelduft und noch etwas anderes wundervolles duftete süßlich... sie roch nach lieblichen Schweiß, und verströmte einen unglaublich appetitlichen fraulichen Duft, der wohl direkt aus der Mitte ihres wundervollen Körpers stammten musste...

Dieser Pheromoncocktail lies ihn für einen winzigen Moment das Atmen, das Denken vergessen...

Evara hielt ihm lächelnd eine Gabel und ein Poliertuch hin, er nahm es und bedankte sich mit einem schüchternen Kopfnicken, sie lächelte unentwegt, als könnte sie nichts anderes.

Jon stand weiterhin unter ihrem Bann, so eine hübsche Frau hatte er noch nie gesehen.

Ihre Haut war beinahe weiß, straff, kein Fältchen, nicht ein Fleckchen oder eine Verfärbung, kein Muttermal entdeckte er und sie zeigte ihm viel Haut, sehr viel Haut, natürlich unbeabsichtigt...

Ihre Schulter lud zum anknabbern ein. Evara fasste in ihr Haar, drehte es und legte den zusammen gedrehten Strang zur linken Schulterseite als hörte sie was in seinen Gedanken geschrieben stand.

Ihm fehlten die Worte um sie anzusprechen, natürlich nicht auf Latein, außerdem überforderte ihn die gesamte Situation. Normalerweise war Jon keineswegs Schüchtern der Damenwelt gegenüber, doch diese junge Frau hier holte ihn auf das Niveau eines schüchternen Grundschuljungen zurück, kaum zu fassen.

Das einzige worüber er sich im Moment Sorgen machte, ob sein Mund und seine eigenen Achseln einen halbwegs vertretbaren Geruch ausströmten. Sie stand da, einfach so, neben ihm, putzte das Silberbesteck und sah einfach umwerfend sexy dabei aus. Jede noch so kleine ihrer Bewegungen war erotisch... ob und wie sie ihren Kopf drehte, neigte, auch wenn es nur Millimeter waren, ihr Haar mit dem Zeigefinger sanft zur Seite strich, mit dem Handrücken an ihre zierliche Nase stupste, ihre wohlgeformten Lippen zum Spalt öffnete oder zusammenpresste, mit der Zunge kurz und hektisch darüber fuhr, ihren schlanken Körper bog wenn sie ein anderes Besteckteil nahm und es hoch gegen das Licht hielt um es genau zu Betrachten, wie sie atmete...

Und immer wieder dieses knallenge scheinbar vom zu heißen Waschen eingelaufene, viel zu kurze, hauchdünne weiße Kleidchen. Dabei war das wirklich unfassbar grenzenlos Unglaublichste und was ihn wirklich beinahe den Verstand kostete, sie trug nichts drunter, kein Höschen, String oder sonst etwas, einfach „Nichts..." er sah es als sie sich erneut streckte um etwas aus dem Küchenschrank direkt vor ihnen zu nehmen, ihr schweißfeuchtes Kleidchen spannte sich, zog sich, und gab freien Blick auf ihren süßen sehr spärlich behaarten Schoß... *„absolut total irre..."* schwärmte Halldurson im stillen, starrte sie an, Evara stand auf ihren Zehenspitzen, sah auch wie sich ihre Waden strafften, sich ihre Brüste beinahe den Weg aus dem fadendünnen Fähnchen frei sprengen wollten, seine Augen waren überall, sprangen hin und her, starrte weiter, riss im nächsten Moment seinen Blick von ihrem Körper, sah ihr in die Augen und sprach Evara nun doch noch an.

Er schluckte hart, räusperte sich ein zwei Male bevor ein Ton seine Kehle verließ.

>>Hmmm, Hans sagte ich soll das Essen Kochen oder Braten, verstehst du was ich meine?<< Halldurson nahm eine der vor Fett triefenden Bratpfannen in die Hand und vollzog umständliche Bewegungen.

Bei dem Wort Hans blickte Evara auf und sah Jon mit einem Fragezeichen im Gesicht an.

Sie sah seine wilden Pfannenbewegungen, dass große Fragezeichen verschwand schnell wieder und ihr Lächeln kam zurück.

>>Etiam, manducare octo tempus dies...<< *(Ja, dass Essen, um acht Uhr...)* Evara nickte ihm zu und ließ ihr Poliertuch in die Spüle fallen. Sie schwebte wieder auf Zehenspitzen zum riesigen Kühlschrank, in dem sie selbst beinahe stehen konnte und machte sich daran ihm drei große, gewaltige in dünner Plastikfolie gewickelte rosarote Fleischstücke zu entnehmen.

Bei dem einsammeln der Bratenkollosse bückte sich Evara ein Stück tiefer in das kühlhausartige Möbel. Jon schluckte ein weiteres Mal sehr hart und zwang sich erfolglos ihr nicht erneut auf den blanken Hintern zu starren, er sah zum wiederholten male alles... und die Hitze in ihm nahm weiter zu. Sie wirkte so unglaublich unschuldig, doch alles an ihr war explosiver Sprengstoff.

Er selbst fühlte sich in diesem Moment wie eine dicke pralle Stange Dynamit, die Lunte war nur noch einen Zentimeter zu sehen und brannte lichterloh... und bis ihm sämtliche Sicherungen durchbrannten war es auch nicht mehr all zu weit...

Sie war eine pure leibhaftige Männerfantasie und weit darüber hinaus...

Evara drehte ihren Kopf, winkte mit der Hand.

>>Veni, auxilium, placere... << *(komm, hilf bitte...)*

›>Was soll ich... ach so, dir helfen?...<< Sie riss Jon aus seinen erotischen Gedanken, er lächelte, setzte sich sofort in Bewegung.

„Du bist ein Schwein lieber Jon..." dachte er noch und Grinste.

Die schwammigen aufgeblähten Innereien in seinem Kopf fühlten sich wie betäubt an, unauflösbar undurchdringbar schien der Giernebel in seinem Hirn.

Es schien ihr egal zu sein sich ihm so offenherzig zu präsentieren. Nun, offenherzig traf es nicht ganz, schon eher glitzernd feucht und völlig obszön was sie ihm da zeigte. Abgestumpft weil sie es öfter tat? Oder war es ihr nicht möglich zu erkennen wie sie mit ihren Posen und pure Nacktheit auf Männer wirkte?

Dann das Latein... ein gewaltiges Rätsel, ein undurchdringliches Knäuel aus Fragen.

Ihr Kopf steckte komplett im Kühlschrank, das grelle Licht der Innenbeleuchtung zeichnete ihre Konturen unter dem Kleid nach.

Ansehen aber nicht anfassen, dass fiel ihm verdammt schwer. *„Denk an den Nordpol... der kalte Nordpol"*

Die Fleischstücke waren schwerer als gedacht. Jon jonglierte die mehr oder weniger frischen furchtbar riechenden blutigen Brocken zum Herd, zwei Pfannen standen bereits an ihrem Platz, die Herdplatten glühten, die Butter schmolz bereits zum gelben, heißen dampfenden Fettsee und es konnte los gehen.

Gemüse putzen, Zwiebeln schälen, Pilze, Speckstreifen anbrachten, alles Dinge die Jon bisher vielleicht zwei drei Male in seinem Leben vollbrachte. Eine Pizza in den Ofen oder mit der Mikrowelle hantieren, dass war seine vornehme Gourmetwelt...

Hin und wieder schaute Evara ihm auf die Finger und nickte bestätigend mit ihrem Kopf. Die restliche Zeit verbrachte sie mit dem vorbereiten der Festtafel. Jon beobachtete Evara ganz genau, als sie den Tisch für das anschließende Abendessen eindeckte. Wie ein kleiner Wirbelwind huschte sie flink und sexy hin und her. Für Jon wurde es fast zur Normalität sie so zu sehen und er fühlte sich beinahe wohl in dieser Situation, sie sprachen nicht miteinander aber gewöhnten sich aneinander, wurden vertrauter, sie Lächelte ihn an wenn sich ihre Blicke trafen... sie verhielt sich wirklich wie ein scheues unschuldiges Reh.

Der Tisch sah bald festlich und professionell gedeckt aus, demnach gab es hier nicht zum ersten Mal ein „Bankett" für angereiste Gäste, auch zwei silberne Kerzenhalter mit jeweils drei Armen und dazugehörigen Kerzen standen bereit entzündet zu werden. Das Hotelfach wäre für Evara die richtige Wahl, vielleicht kam sie aus der Branche, doch wie übersetzte man noch gleich das Wort Hotelfachangestellte ins Latein?

Bratendunst und Wasserdampf- Schwaden zogen durch den Raum, vernebelte immer mehr die klare Sicht, dazu kam die feuchte Hitze die stetig zunahm.

Eine Absaugvorrichtung gab es, sie funktionierte auch, nur war sie nicht im geringsten ausreichend und Jon öffnete kurzerhand die Küchentür einen Spalt um für Frischluft zu sorgen. Nur, frische Luft strömte nicht in den Raum, vielmehr vermengte sich die vorhandene mit dem Modergeruch des Flures, ein übles Gemisch.

Da war noch etwas... noch etwas fing an ihn zu plagen, ein Bedürfnis was immer stärker wurde, kaum zu unterdrücken, unerträglich...
Er hatte Durst...
Durst auf ein kühles, frisch gezapftes Glas Bier, sollte es hier nichts geben, warteten ja noch zweihundert Liter warme Milch im Poolraum, kein tröstlicher Gedanke.

>>Evara...<< flüsterte Jon sie wiederholt sanft an.

>>Etiam commodo?<< *(ja bitte?)*

>>Also, gibt es hier etwas zu trinken, etwas alkoholisches?<< er vollführte die typische Bewegung der Hand zum Mund.

>>Alcohol?<< wiederholte sie.

>>Cogito ergo sum... ibi...<< *(ich glaube ja, dort...)* Evara wies mit dem Zeigefinger zum Kühlschrank.

Das metallene Frischhaltegrät stand nur zwei Schritte von ihm entfernt, öffnete ihn und tatsächlich, Dosenbier... halbliter Dosen einer deutschlandweit sehr bekannten örtlichen Biermarke.

Hatte Jon zuvor gar nicht gesehen, vielleicht lenkte ihn Evaras körperlicher Augenschmaus zu sehr ab. Zwei der Blechdosen nahm er aus dem oberen Fach, eine davon hielt er der blonden Frau entgegen.
>>Möchtest du auch?<<

>>Nihil agentes...<< sie winkte ab.
>>forsitan, aliquid es te...<< *(vielleicht, etwas von dir?)*
Jon verstand, ihre Handbewegung war eindeutig, die einfache Zeichensprache erwies sich als nützlich, riss eine der Blechbuchsen auf und hielt das kalte Stück Metall wiederholt in Richtung der hübschen Frau.
>>Gratias ago tibi...<< *(danke dir...)*

Evara führte die eiskalte Dose beidhändig zum Mund, legte ihre vollen blassen Lippen auf die zuvor entstandene Öffnung der Dose und stillte ihren Durst. Die zarte Frau trank tatsächlich Dosenbier und wie Jon feststellte, mit Genuss. Sie nippte mehrmals an dem Getränk und selbst das sah erotisch aus. Etwas von dem goldgelben Gerstensaft lief aus ihrem Mundwinkel dann am Kinn herab.

Als Evara die blecherne Dose wieder absetzte sprang er über seinen Schatten, hob seine zitternde Hand und wischte vorsichtig mit seinem Daumen das feine Rinnsal von ihrer warmen Haut. Im nächsten Augenblick hob Evara ihre Hand, legt sie auf seine, sah ihm direkt in die Augen...

Jon spürte die Hitze ihrer Finger, spürte wie ihr Blut durch ihre Venen pulsierte... Evara hielt ihren Atem an, öffnete ihre Lippen einen Spalt, die Luft knisterte, ein wundervoller Moment...

Die Küchentür schwang in der nächsten Sekunde auf, so weit, dass sie gegen die Wand schlug.

Die beiden Biertrinker zuckten ertappt herum, vor ihnen stand einer der Hotelgäste, Jon erkannte ihn, es war „Frau Hummer".

>>Oh Entschuldigung, ich wusste nicht, also ich wollte nicht stören...< säuselte das aufgetakelte Fischstäbchen.
>>Schon ok... wir haben uns nur erschreckt...<< antwortete Jon sofort. Er fühlte sich tatsächlich wie ein Schuljunge dem man bei etwas verbotenem erwischte. Evara zog in aller Eile ihre Hand zurück und ging langsam Rückwärts.

Schritt für Schritt bis sie halb aus dem spärlichen Licht der vergilbten Esstischlampen entschwand und nach dem nächsten Schritt von dem dunkel des Raumes beinahe verschluckt wurde, Jon sah es aus den Augenwinkeln und wunderte sich über ihr Verhalten.

>>Hier duftet es ja schon fantastisch, himmlische Röstaromen, so sagt man doch oder? Dann bleibt es bei acht Uhr? Wir haben großen Hunger, wissen sie? Mein Mann ist ein kleiner Schlingel und kaum zu bremsen, wir sind völlig ausgepowert... sie verstehen was ich meine? Und wie ich sehe liegt ordentlich Fleisch in der Pfanne, Proteine wie? Na dass ist doch was...<< „Frau" Hummer rieb sich den behaarten Schmierbauch und grinste.

>>Das ist mal etwas anderes als Fisch oder? Und selbstverständlich halten wir die Uhrzeit ein. Gibt es einen besonderen Wunsch bei ihnen oder ihrem „Mann" bezüglich der Getränkeauswahl?<<

>>Sekt, dass wäre für uns beide sehr angenehm. Ich hoffe sie können da etwas arrangieren... das wäre perfekt...<<

>>Ja, dass hoffe ich auch...<< Jon drehte sich kurz zu Evara um, die immer noch im halbdunkel stand und sich nicht regte, widmete sich dann wieder den Fleischbrocken, damit sie nicht verbrannten.

Das Fischstäbchen verließ die Küche, der Polizeibeamte sah ihm kurz nach, schüttelte den Kopf. Der Reißverschluss des Kleides der „Frau" Hummer war am Rücken nur zu einem Drittel zugezogen. Demnach war der letzte Akt wohl ein äußerst wilder, Jon rann ein Schauer über den Rücken, nicht nur wegen dem Kopfkino... so hatte diese „Dame" nicht nur Haare auf der Brust, nein nein... auch zwischen den Schulterblättern wucherte die mehr oder weniger appetitliche dunkle Wolle...

\>\>Tempus fugit fuga...<< *(die Zeit vergeht im Flug...)* sprach Evara leise, trat in das Licht und nahm ihre Arbeit wieder auf.

\>\>Ist alles in Ordnung mit dir?<< Jon legte behutsam eine Hand auf ihre Schulter und sie rannte dieses mal nicht vor ihm davon.

\>\>Etiam...<< (ja) sie nickte.

\>\>Dann ist es gut...<<

\>\>Sag, gibt es hier eine Toilette? Pipi...<< grinste Jon und hielt sich eine Hand an den zu knöpfenden Hosenschlitz seiner schwarzen Jeans.

Wieder ein Hinweis den Evara verstand.

\>\>Pipi? Ah... Latrina...<< Evara lächelte ebenfalls, zog eine der Küchenschublade auf, entnahm ihr einen vergilbten Zettel und einen sehr kurzen aber spitzen Bleistift, begann damit kurzerhand zu malen.

Die Zeichnung war nicht sehr präzise, doch reichte sie aus um den Weg zu weisen.

>>Ich verstehe, vielen Dank, du bist ein Schatz...<<
>>Schatz...<< wiederholte sie...
>>Schatz, delicia...<< sagte sie noch einmal.
>>Ja genau, du bist ein Schatz, delicia...<< Jon wies mit dem Zeigefinger auf die blonde Schönheit und stellte an den großen Drehschaltern sämtliche Herdplatten ab. Langsam wurde der Toilettenbesuch dringend und die Gäste würden sich auch bald sehen lassen.

Sein Plan war einfach... bei dem anstehende Latrinenbesuch sollte es nicht bleiben. Jon hatte vor sich kurz in den hinteren Räumen umzusehen, beziehungsweise sich genau das Zimmer anzusehen aus dem Evara kam.

Ihre Hand roch nach frisch geschnittenen Zwiebeln und zitronigem Spülmittel, zu dieser Erkenntnis gelang er, nachdem Jon die zarte Hand seiner wunderhübschen Abendbegleitung küsste.

Er flüsterte noch...

>>Ich geh dann mal...<< und verschwand aus der Küche.

Eine Etage über ihm gab es wohl eine angeregte Unterhaltung, Gesprächsfetzen fielen die Treppe hinab und versickerten in der schweren, überhitzten, Bratenduft geschwängerten Luft.

Bis zum übel riechenden Plastikvorhang war es nicht weit. Jon drehte sich um, niemand folgte ihm.

Es fiel ihm schwer sich zu konzentrieren, eine wunderschöne halbnackte junge Frau stand dort zwei Stockwerke tief in einem Hotelkeller, in der Hotel eigenen Küche, völlig allein, und wartete auf ihn. Sollte man diese Situation nicht sofort und ohne Skrupel oder Reue ausnutzen? Wer würde schon dahinter kommen? Und gab es ein Naschverbot für Polizeibeamte? Volljährig war die junge Frau alle Mal. Also ran an die Dame?

>>*Hör auf so zu denken...*<< befahl er sich selbst.

>>*Du bist im Dienst...*<< sprach er den Teil an, der gut verpackt unter seinem Gürtel verweilte und grinste dabei.

Dieses Hotel war voller Geheimnisse, und seine eigentliche Aufgabe fing jetzt erst an, Ermittlungsarbeit.

Der Vorhang, behutsam glitt er zur Seite, leichter Verwesungsgestank und pure Dunkelheit schlugen ihm erneut entgegen. Sein Magen rebellierte, dass Bier war wohl zu kalt.

Wieder tastete Jon sich vorsichtig an der Wand entlang, bis zu dem Raum aus der Evara kam. Gab es hinter der Tür Antworten auf seine Fragen?

Das wiederholte Kreischen der nach Schmieröl lechzenden Angeln klang wie eine natürliche Alarmanlage, Jon hielt inne, lauschte, aber keine Geräusche.
Der Spalt war nun so groß das er bequem hindurch schlüpfen konnte.

Jon ging voran und wurde sofort von der gierigen undurchdringbaren Schwärze verschluckt.

xxx

Fahrzeuge kamen und gingen...

Blitz blanke metallene Einkaufswagen wurden von völlig entnervten Einkäufern über den völlig überfüllten Parkplatz geschoben, letzte Parkbuchten wurden an den Höchstbietenden versteigert...

Seine Freunde, Torben, Patrick und Viola saßen immer noch gelangweilt vor dem Supermarkt als würden sie auf Steven oder auf irgendetwas warten.

\>\>Hayvan... da bist du ja... maaaan, was ist Phase alter, wir haben schon gedacht du kommst nicht mehr wieder...<< maulte Torben, stand auf und gab Steven die „hohe Fünf..."

\>\>Bin ja jetzt hier, the Boss is in the House... keine Panik... wo ist Gonzo Gonzales?<<

\>\>Schon nach Haus gelatscht...<< Torben winkte ab.

\>\>Seine Mutti hat angerufen, muss wohl auf seine Schwester aufpassen oder was weiß ich... wie war`s bei dir?<<

\>\>Ihr glaubt es nicht, bin gerade noch mal so dem Hans entkommen... der ist ja wirklich total irre...<<

\>\>Ja klar man... habe ich dir doch gesagt oder? Irgendwann, irgendwann bekomm ich das Opfer, bekomm ich den alten Sack zwischen die Finger und dann zeige ich es ihm, darauf kannst du deinen Arsch verwetten.<<

Torbens Augen wurden immer größer und schlug als unterstreichende Geste mit der Faust in seine Hand.

>>Da wirst du keine Chance haben, ich glaub der „alte Sack" ist beinahe drei Meter groß, riesengroß, breit und sicher so stark wie'n Bär oder wie son oller Schnee- Yeti... der reißt eher uns den Arsch auf... oder dir...<<
>>Hört auf misch anzuschimmeln... sonst hakt sich beim Abgähnen misch mein Kiefer aus... hast du dein Money bekommen? Das isch wischtiger alta... verschsteest du alta...<< wollte Patrick wissen und schob sich mit dem Mittelfinger die Brille zurück auf seinen Nasenrücken.

>>Auf jeden... da gab`s keine Probleme... die Knete hab ich... und übrigens, wer holt ne Runde Powerdrink?<< Steven hielt den gerade verdienten zwanzig Euro Schein zwischen Daumen und Zeigefinger, Patrick schnappte zu und wühlte sich umständlich auf die Beine.
>>Isch geh ja schon... und da is ja wohl noch ne Tüte Chips für misch drin oder?<<
>>Natürlich... nimm gleich drei dann platzt du schneller... und hör mit der Assisprache auf, du kannst das nicht, der Freund meiner Mutter, der hat das besser drauf...<< Steven schüttelte mit dem Kopf.

\>\>Why? Is das n Assi?<< bläffte Torben laut.

\>\>Ja klar, arbeitslos und asozial, ich tret dir gleich in den Arsch... los geh Einkaufen, fetter Sack...<<

\>\>YOLO digger man... beruhig disch...<<

\>\>Bring mir ne Light mit Dickerchen...<< rief Viola.

\>\>Hey Schielauge... ich komm lieber mit dir sonst bringst du uns irgend nen scheiß mit, man kann dich ja nicht alleine lassen... brauchst aufn Pott nen Kompass du Affe...<< rief ihm Torben lachend hinter her.

„Patrick" präsentierte Torben den berühmten Mittelfinger und lief los... Beine und Bauch folgten ihm etwas später...

Viola sah Steven an und lächelte.

\>\>Was ist, was lachst du so? Hab ich was im Gesicht? Oder in den Haaren?<<

\>\>Du siehst irgendwie merkwürdig aus, bist so zappelig, etwas ist mit dir... ich kenne dich zwar noch nicht so lang, aber irgendwie... ist was vorgefallen?<< Sie fuhr sich mit den Fingern ein paar Mal durch ihr langes dunkel blondes Haar und bändigte ihre Mähne mit einem schwarzen Haargummi was sie am Handgelenk aufbewahrte.

\>\>Ich weiß nicht, nein... vorgefallen ist nichts... ach dieser Hans... irgendwie bin ich wütend auf den. Föhnt mich da voll an, dämlicher Zombie, würd den gern ein auswischen...

...und auf dem Weg zu euch ist mir auch schon etwas eingefallen, ein Plan meine ich...<<

>>Ein Plan...? Aha.. meistens hast du ja kp... jetzt machst du mich aber neugierig... los sag schon... und was ist mit diesem Komposti... der dich mitgenommen hat... für wem oder was war die viele Milch? Wollen die Eis herstellen?<<

>>Tausend Fragen was?... Komposti... genau<< Steven musste lachen...

>>Also dieser Jon, Jon Halldurson, der ist OK... hat mich auch gelöchert, wie du jetzt, also mit Fragen und so... ich soll etwas für ihn machen, soll jemanden zu ihm bringen der hier her unterwegs ist. Du wirst es nicht glauben, rate mal was das für ein Typ ist und rate mal wo der eincheckt...<<

>>Jetzt hab ich grad kp, schwarze Wand Stivi, mach`s nicht so spannend...<<

>>Also, ich soll nen Bullen zu ihm bringen und der blau-weiße wohnt bei uns neben an, in der Ferienwohnung...<<

>>Na was für ein Zufall... macht der hier Urlaub? Oder ist da was am kochen? Ist der Komposti selbst ein Bulle?<<

>>Ja, da ist vielleicht was am Kochen... das ist eben mein Plan, möchte die Sache mal abgrabbeln... und sag den anderen nichts davon... bist du dabei?<<

»Du musst schon, wie sagt man, präziser werden, drück dich genauer aus, wo soll ich dabei sein?«

Violas Stimme klang leicht genervt und ein Hauch gelangweilt.

»Dem roten Riesen werde ich was klar machen, davon träumt der noch Jahre... glaub es mir, mein Plan ist super... und nicht gefährlich, genau was für kleine Mädchen... nicht war Prinzessin Lilyfee...«

»Honk mich nicht zu man, du hörst dich langsam an wie Torben... der will sich auch ständig rächen für irgendwas... oh bitte, was ist denn nu so toll an deinem Plan?«

»Du kennst doch den Roger aus der Parallelklasse...«

»Klar kenn ich den, los weiter...«

»Tja, der hat ein spezielles Hobby, der gibt gern den DJ...«

»Weiß ich, na und?«

»Ich darf mir etwas ausleihen, für einen Tag, habe ihn auf dem Weg zu euch angerufen... er leiht mir seine Nebelmaschine...«

Ein paar Sekunden Schweigen.

»Sag nicht du hast vor in das Hotel einzusteigen und den Puff mit Nebel voll zu dröhnen...«

»Genau das... ich räuchre den Typ voll zu... das hat der noch nie gesehen. Die Maschine ist der absolute Wahnsinn, hat einen Extratank...

...qualmt zwei Stunden ununterbrochen und ich kann das Gerät mit ner App oder mit nem Timer steuern... was sagst du jetzt?<<

>>Klingt nach riesen Ärger wenn du mich so fragst... und du hattest in letzter Zeit genug davon... oder etwa nicht?<<

>>Na das war ja klar, Moralapostel... fang an zu beten... man, dass ist doch nur nen Scherz, kann doch nichts passieren, oder was soll schon passieren? Nebel, nur Nebel, sonst nichts... das tut doch nicht weh.<< Steven hob und senkte unschuldig seine Schultern.

>>Und wieder die blau- weißen vor der Tür? Deine Maam dreht durch. Glaub mir, dass willst du nicht.

Und außerdem brauch ich nicht lang nachzudenken und mir fallen mindestens zwei Dinge ein die du mit Sicherheit nicht bedacht hast... wie kommst du in das Hotel und wie bekommst du die Nebelmaschine wieder zurück? Glaubst du dieser Hans gibt sie dir einfach wieder zurück, nachdem was du dort veranstaltet hast? Und weg ist das Teil, Roger dreht dir den Hals um...<< Sie winkte lässig ab schloss ihre Augen und hielt ihr hübsches Gesicht in die Sonne.

>>Oh man, hör mir doch erst mal zu... den Nebler versteck ich im Haus, so das ihn niemand sieht... wenn der Tank leer ist schaltet sich das Dingens automatisch wieder ab.

Ich werde dann irgendwann den Jon besuchen und das Teil wieder mitnehmen, wenn es eine Gelegenheit gibt und die wird es geben.

>>Steven... viel wichtiger ist, wie kommst du ungesehen in die Absteige?<< Viola blieb weiterhin der Sonne treu und hartnäckig in ihrer Argumentation.

>>Einfacher geht es doch nicht... Mädchen, keine Fantasie was? Ich sag nur Harz...<<
Jetzt sah sie ihn wieder an.

>>Was Harz... ich weiß das wir im Harz sind, leben und wohnen im Harz, du zwar noch nicht so lang... aber wie Harz, was denn Harz?<<

>>Ich habe kurz gewartet bis Jon die Milchtüten ins Haus geschleppt hatte. Dann habe ich mich angeschlichen, da steht nen riesiger Kirschbaum und bietet gute Deckung, bin links am Schuppen lang.
Dann zu den ekligen Mülltonnen und du möchtest nicht wissen wie gammelig es da riecht, als wenn dort abgeknallte Ratten oder Schweine verwesen... also bin ich weiter... habe abgewartet, hat sich nichts gerührt und bin zur Tür... ich kann dir feierlich versichern... Baumharz ist spitze, und eigentlich mit nichts zu vergleichen... heute wird niemand die Tür abschließen... und du musst mitkommen, wenn nicht, wirst du das Abenteuer deines Lebens verpassen...<<

XXX

Rauf und wieder runter... rauf und wieder Runter...

Der schnurrende französische Vierzylinder gab sein Bestes, er quälte sich außerordentlich tapfer und es nahm einfach kein Ende...

Irgendwie beschlich mich das Gefühl die guten Franzosen hätten zwei, von den angeblich vier Explosionskolben, einfach weg gelassen, denn der kleine Twingo war für dieses Auf und Ab in den Bergen keinesfalls geschaffen oder zumindest leicht unter-motorisiert. Für meinen schwarzen Mercedes Dienstwagen kam jede Hilfe zu spät und er würde voraussichtlich auf dem Schrottplatz ein enges gequetschtes Ende nehmen. Der Wagen war nach dem Unfall auf der Autobahn zwei kurz vor Hannover „führerlos", nachdem mich eine dämonische Kraft überfallartig aus dem Fahrzeug zerrte und so kam er Buchstäblich unter die „Räder", ein vollbeladener Vierzigtonner machte dann endgültig Schluss mit einer eventuell anstehenden Wiederaufarbeitung der Karosserie.

Nach einer zwanzig Minütigen Diskussion über das Für und Wider einer verfrühten Krankenhausentlassung, bei meinen offensichtlichen Blessuren, würde er, der leitende Oberarzt persönlich keinerlei Verantwortung übernehmen.

Nun, dass war mir schon klar... nur, was sollte ich machen?

Mir ging und es geht mir immer noch nicht wirklich gut und selbst Tabletten können noch nicht zaubern, selbst das Autofahren war nicht ganz erlaubt bei der Menge an Schmerzmittel die man mir seit gestern „liebevoll" verabreichte.

Jedoch, Jon brauchte mich und Braunlage war von Hannover aus keine Weltreise.

Vor meinem Reiseantritt in den Harz sprach ich kurz mit unserem Frankfurter Büro, Vanessa, sie musste informiert sein über meine nächsten Schritte und informierte sie auch darüber was vorgestern vorgefallen war. Bei dem Namen Kirsten Gerber geriet ich kurz ins Stocken, konnte für einen Moment nicht weiter Reden.

Kirsten sah ich zuletzt im Krankenhaus, eine sehr verschwommene Erinnerung. Mehrmals versuchte ich meine Kirsten aus dem kleinen Dörfchen mit Namen Loccum zu erreichen, nichts... keine Reaktion...

Verweigerte sie sich mir? Waren die letzten Ereignisse letztendlich doch zu viel für sie? Hin und Her gerissen versuchte ich abzuwägen was nun wichtiger war, Kirsten zu besuchen, mit ihr zu Reden.

Das Vergangene zu verarbeiten, sie einfach nur anzusehen und in den Arm zu nehmen, das Beginnende zu vertiefen... oder Jon, mein bester Freund, der vielleicht auf etwas unerklärliches gestoßen war und in Schwierigkeiten steckte? Nachdem was wir zusammen in Köln, und ich allein in Loccum erleben durfte, war nichts mehr ausgeschlossen, oder einfach mit einem Handwischer abzutun.

Für mich war klar was ich zu tun hatte...
Kirsten war nicht in Lebensgefahr.

Jon sicher auch nicht, er konnte schon gut auf sich selbst aufpassen... doch der Fall in Braunlage besaß absolute Priorität, Jon bekam also den Vorrang. Eine andere Entscheidung wäre widersinnig. Wie gern würde ich zu ihr Fahren. Amors Pfeil steckte tief in meinem Herz und ließ Sehnsuchtswellen krachend über meinen Verstand zusammen schlagen und es fühlte sich immer noch wie ein Zauber an was da mit mir, mit uns, in dieser super kurzen Zeit passierte. Alles viel mir wieder ein. Dinge schossen mir durch den Kopf über die ich noch keine Zeit hatte nachzudenken.

Mein Talisman, dass Geschenk eines steinalten Mönchs und guten Freunds, acht Zentimeter im Durchmesser, gefertigt aus dem Metall eines Meteoriten.

Mit Zeichen darauf die es in dieser Welt kein zweites Mal gab. Die Sumerer oder aus einer viel entfernteren Zivilisation?
Es reagierte heftig auf Klaras Kräfte.
Tausend Rätsel, keine Antworten...
Marie... Anni... Klara... der Mond...
Und ja, der Mond... er war immer voll, zu jeder Zeit... nichts änderte sich an ihm.
Gut, tagelang beobachtete ich ihn nun nicht, aber gab es nicht auch schon innerhalb vierundzwanzig Stunden eine leichte Veränderung?
Eine magische Welt, eine Parallelwelt... dafür gab es keine Erklärung, es war einfach so wie es war...

Nach dem Vanessa nun bestens informiert war und ich ihr hoch und heilig versprechen musste auf mich und Jon aufzupassen, kümmerte ich mich um einen fahrbaren Untersatz.
Ich saß hier in diesem kleinen Fahrzeug und bekam genug Zeit zum nachdenken, und diese Zeit nutzte ich auch.

Die Minuten verflogen nur so bei dem wiederholten Wühlen in vergangenen Gedanken... und schon fuhr ich durch das kleine aber prachtvolle Städtchen am Fuße des Harzes, Bad Harzburg.

Rauf und wieder runter... rauf und wieder Runter...

Auf achthundert Meter „normal Höhe null" angekommen war Torfhaus hier der vorläufige Gipfelpunkt und als Belohnung für diese Kurverei schenkte mir die Natur einen wunderschönen Blick auf den in der Ferne lockenden eintausendeinhundert-einundvierzig Meter hoch aufragenden Brocken. Die riesige Funkantenne stieß in den Himmel und eine gewaltige Wolke verfing sich an ihr.

Wenige Minuten später war ich schon kurz vor Braunlage und diese letzte mit zehn Prozent abfallende, Serpentinen ähnliche Kurve, wenige hundert Meter vor dem Ortseingangsschild hatte es wahrlich in sich. Dem mir entgegenkommenden Bus war es wohl egal ob sich noch weitere Verkehrsteilnehmer auf der Straße befanden, denn er befuhr beinahe die gesamte Fahrbahn in dieser -mords gefährlich engen Passage und zwang mich zum Ausweichen auf den unbefestigten Standstreifen. Die Vorderräder rutschen den ersten Meter bevor sie Grip aufbauten, dann verschwand das Ungetüm aus Metall und Glas, die Straße gehörte wieder mir.

Wie sah es hier wohl im Winter aus?
Wildwest auf der Harzachterbahn?

Braunlage also...

Linksseitig erblickte ich das mich an einen Betonbunker erinnernde Eisstadion, es war gut besucht, der Fülle des Parkplatzes nach zu urteilen. Die schmale Straße durch den Ort war schon als „Partymeile" zu bezeichnen. Lokalität an Lokalität reihte es sich links und rechts der Fahrbahn. Hotels, Ferienwohnungen, Übernachtungsmöglichkeiten gab es hier genug.

Auch eine Kirche erspähte ich, eine schwarz gekleidete Menschenansammlung stand vor den großen Holztüren, der Farbe nach wohl eher eine innehaltende Trauergemeinde.

„Auf der linken Seite halten sie Ausschau nach einem Buchladen, dem Piano- Café oder dem Hotel.

Direkt gegenüber befindet sich dann die Hausnummer dreiunddreißig... ihrem Ziel. Den Schlüssel zur Wohnung deponiere ich im Café, der Besitzer ist ein guter Freund von uns..."

Die angenehme Stimme der Vermieterin der Ferienwohnung sprach den Text zur Sicherheit noch einmal auf meine Mailbox, damit ich auch sicher ankam.

Zum Innenhof ging es rechts steil bergan und meinen kleinen „Dienstwagen" manövrierte ich in eine der gekennzeichneten Parkbuchten, ich war also angekommen.

Jon ging nicht an sein Telefon, also übermittelte ich ihm kurzerhand noch einmal eine Nachricht wo ich abgestiegen war, eine Uhrzeit um uns zu treffen und um das weitere Vorgehen abzusprechen.

Doch zu Erst mochte ich mir jetzt meine Ferienwohnung ansehen.

Jedoch das aller, aller aller wichtigste und davon brachte mich niemand ab, war nun eine dampfende, heiße, duftende Tasse schwarzer Bohnenbrühe, die ich im mehrmals angepriesenen Klimper- Café einnehmen wollte und um natürlich meinen Schlüssel in Empfang zu nehmen damit ich überhaupt in die gebuchte Ferienwohnung hinein kam.

Die Straßenüberquerung glich einem Spießrutenlauf.
Welche Ratsversammlung es rechtlich ermöglichte, bei solch einer schmalen Fahrbahn und Gehwegen in einem Luftkurort fünfzig Stundenkilometer an Höchstgeschwindigkeit zu erlauben, war einfach nicht zu glauben. Unfassbar wie nah die Lastkraftwagen an Kindern, älteren Menschen, selbst an Rollstuhlfahrern vorbei donnerten.

Nachdem ich doch endlich heil und unbeschadet auf der anderen Seite ankam, bleib ich stehen und sah mich um, schüttelte dabei staunend mit dem Kopf. Kein anderer Mensch schien sich daran zu stören, dass Leben lief normal weiter.

Auch nach dem der nächste voll beladene Vierzigtonner mit mehr als fünfzig Stundenkilometer vorbeiraste und der Windsog mich beinahe vom „Bürgersteig" fegte.

Es war eben alles irgendwie möglich, solang sich niemand beschwerte oder laute Rufe nach Ruhe und Endschleunigung verkamen zu einem lauen Protestgemurmel.

Klaviermusik empfing mich nachdem ich die Lokalität betrat, eine Wohltat für meine Ohren, Kaffee und Holz, ein Duft der meine Nase kitzelte.

>>Kann ich ihnen helfen? Sind sie vielleicht wegen der Ferienwohnung hier?<< wurde ich von einer höflichen jungen Damen die hinter dem Tresen stand angesprochen.

>>Ja genau, den Schlüssel zur Ferienwohnung, einen starken Schwarzen und ein großes Glas Wasser bitte...<<

Das Glas Wasser, sofern man eines haben mochte, sollte man hier dazu bestellen, wir befanden uns schließlich nicht in Österreich...

Ich suchte mir einen ruhigen Platz, dass war schwerer als gedacht, viel Platz bot der Laden nicht.

Den Kaffee bekam ich schnell serviert, dazu überreichte man mir den Schlüssel, mit meiner Unterschrift quittierte ich den Empfang.

Den schwarzen bezahlte ich sofort und bedankte mich noch einmal für den unkomplizierten Ablauf.

Ich saß also wieder und am liebsten legte ich nun meine Stirn auf die Tischplatte, die Augen schließen und mich anschließend ins Reich der Träume verabschieden. Die verdammten Tabletten nahmen mir alle Kraft. Reue keimte in mir auf, ein paar Tage mehr zur Erholung im Krankenhaus wären durchaus vernünftiger...

Der Doc bekam Recht mit seiner Warnung, doch meine Unvernunft behielt die Oberhand. Mein Körper wehrte sich gegen jede Bewegung die ich ihm zumutete, lehnte den aufrechten Gang ab und das Denken wurde mir auch genommen... alles was eigentlich völlig normal war, strengte mich dreifach an.

Soweit so gut... aber jetzt war ich nun mal hier und es ging weiter im Fluss.

Der Kaffee trug etwas zur Linderung meiner Kopfschmerzen bei, wäre ja auch schlimm wenn nicht...

Der Becher mit der Bohnenbrühe war schnell geleert, ebenso wie das Wasser, ich nickte der Bedienung zu und machte mich auf um mir meine Ferienwohnung anzusehen.

Noch ein weiteres Mal diese Horrorstraße überqueren, mir blieb auch nichts erspart...

Auf der anderen Straßenseite direkt vor der Zufahrt zu meiner temporären Behausung sah ich wie sich ein junger Mann von seiner Freundin verabschiedete, ich schätze ihn auf dreizehn, vierzehn, sehr drahtig, schon eher Mager, eine schwarze Jacke der Marke Nebulus flatterte um seine Hüfte, da sollte er noch hinein wachsen, ich ging an ihnen vorbei, stakste die steile Auffahrt hinauf und bemerkte das der Junge mir mit geringem Abstand folgte.

Der Schlüssel, verdammt... in welcher Tasche hatte ich ihn versteckt... ich suchte weiter, der junge Mann erreichte mich, zog seinen Schlüssel und öffnete damit die Eingangstür.

>>Wollen sie rein? Besuchen sie hier jemanden?<< wurde ich angesprochen.

>>Ja, rein möchte ich, jemanden besuchen... nein, und ich wohne hier nur für ein paar Tage, aber danke.<<

Der Junge ging zwei Schritte vor, stoppte und drehte sich langsam zu mir um.

>>Moment... sie wohnen für ein paar Tage hier?<<

>>Genau, dass sagte ich, gibt es damit ein Problem?<<

>>Nein nein, kein Problem.... also ich... sind sie ein Polizist?<< wurde ich gefragt und war für einen Moment perplex... sprachlos...

>>Ich ein Polizist? Wie kommst du auf diese Idee?<< So antwortete ich mit einer Gegenfrage.

Ganz so schnell gab ich meine Identität natürlich nicht Preis, außerdem überkam mich so ein Gefühl...

\>\>Also, ich habe da jemanden getroffen... dem habe ich geholfen und wir haben miteinander gesprochen. Und der Mann, also der hieß Jon, der fragte mich ob ich die Herzog-Wilhelmstrasse dreiunddreißig kenne. Ich hatte ihm dann gesagt das ich da wohne. Hier würde ein Freund von ihm absteigen und ich sollte dem dann was sagen.\<\<

Der Junge sah mich fragend an und mein Anfangsverdacht bestätigte sich, es hatte etwas mit Jon zu tun. Als ich den Namen hörte versetzte es mir ein heftiges Ziehen im Nackenbereich, ich musste in den Fall eingreifen, mir ein Bild über die Lage machen. Mittlerweile war es später Nachmittag, die Zeit verging wie im Flug, Tempus fugit...

\>\>Den Namen Jon kenne ich, dass ist in der Tat ein Freund von mir... geht es ihm gut? Wann hast du Jon das letzte Mal gesehen, und du sollst mir etwas von ihm ausrichten?\<\<

\>\>Heute Vormittag, wir haben Milch geschleppt ohne Ende sag ich ihnen und...\<\<

\>\>Jaja, aber was solltest du mir sagen?\<\< unterbrach ich den Redeschwall des Jungen barsch.

\>\>Neugierig was? Also, der Jon sagte ich soll ihnen erzählen wo er arbeitet.

Das ist nicht weit weg, ein kleiner Fußmarsch, vielleicht zehn Minuten, wenn sie schnell sind. Hier links am Hotel Viktoria vorbei, zum Kurpark, rechts halten, da gibt es einen Weg, da geht es rauf und dann steil runter. Dem Weg folgen bis sie an eine Brücke kommen, danach gehen sie links, vielleicht drei vierhundert Meter und schon sind sie an dem Hotel, müssen dann nur noch die Zufahrt runter walken, sind noch mal ein paar Meter bis zum Hoteleingang.<<
>>Vielen Dank für die Wegbeschreibung, sagte ihnen mein Kumpel wie lang er heute arbeitet? Wo ist seine Pension?<<
>>Oh... wo er wohnt er noch gleich... das habe ich vergessen... wie lang er arbeitet weiss ich auch nicht, sorry... es war etwas hektisch, warm und der olle Hans hat mich angekotzt, vollidi is das, glauben sie mir...<< der Junge zuckte mit den Schultern und schüttelte gleichzeitig den Kopf, sah mich dabei entschuldigend an.

>>Schon in Ordnung, ich werd ihn finden keine Bange, wer ist dieser Hans? Ein Mitarbeiter von Jon? Und wie heißt du eigentlich?<<
>>Halt halt, nicht so viele Fragen auf mal... wie heißen „sie" den?<< Das aufgeweckte Kerlchen stellte nun mir eine Gegenfrage, aber das war ok, er lies sich nicht Einschüchtern.

>>Meine Name ist Christoph Grant, ich komme aus Frankfurt.<<

>>Aso... Ich bin der Steven, wo ich wohne wissen sie ja. Wie war ihre Frage noch mal?<<

>>Hans, wer ist dieser Hans? Aus welchem Grund Mault er dich an?<< wiederholte ich meine Frage jetzt leicht ungeduldig.

>>Ja klar... also der Hans ist der Besitzer von dem komischen Hotel. Ein voll schräger Typ.

Man sagt, es kommen manches mal Gäste im Hotel an, reisen aber nicht wieder ab. Ob es stimmt? Keine Ahnung, man hört so einiges...<<

>>Kannst du ihn beschreiben?<<

>>Türlich alta... Groß, er ist sehr groß, rötliche Haare, ein Bart, trägt seit hundert Jahren ne braune Cordhose, es wird gesagt, die hätte der noch nie ausgezogen, nen Waldschrat eben.<<

>>Seit hundert Jahren ne Cordhose...<< ich musste Lachen.

>>Aber gut, ich danke dir Steven, ich werde mich der Sache mal annehmen, später... zu erst möchte ich mir die Wohnung ansehen.<<

>>Die ist schön, ich war da schon mal drin, wenn was ist, sie können klingeln, wir wohnen direkt daneben. Und sind sie von der Polizei?<< Seine Neugierde strahlte aus seinen Augen, er zitterte beinahe...

»Ja, ich bin von der Polizei, Kripo... aber behalte es für dich, ok?« die Antwort machte ihn scheinbar Glücklich.

»Kann ich ihre Marke sehen, ihre Dienstmarke?«

»Im Grunde kannst du es schon, nur zeige ich sie dir jetzt nicht später vielleicht.« ich wuschelte ihm mit der rechten Hand freundschaftlich durch die Haare, und hoffte nicht zu viel erzählt zu haben. Wir schlossen gleichzeitig die Wohnungstüren auf, und gingen hinein.

Sehr warm, sauber gemütlich.

Das brauchte ich jetzt. Meine Jacke flog auf den weißen Sessel, die Ledercouch lud mich zum liegen ein, die Schuhe zog ich nicht aus, legte die Decke halb über mich, schloss die Augen und schlief sofort ein...

XXX

»Verdammt noch mal...« Jon fluchte wie ein Veganer an der Fleischtheke, er sah einfach nichts, stieß sich sein Schienbein an einem Tisch oder ähnliches, dabei wurde ein Gegenstand umgeworfen, den er umständlich versuchte wieder aufzustellen. Ein gewaltiger Schreck fuhr ihm in die Glieder, vor allem seine Augen krampften sich zusammen als das Licht an ging. Jon musste den kleinen Schalter einer Lampe berührt haben, somit war es ihm endlich möglich den Raum zu begutachten. Auch die Kellerwand befand sich direkt vor ihm, noch ein Schritt weiter und es hätte mächtig gerummst.

Die Helligkeit der Funzel auf dem Tischchen hielt sich in Grenzen, seine Augen gewöhnten sich schnell daran und er sah sich um. Ein schmales, dafür langgezogenes muffiges Kellerabteil, sehr spärlich ausgestattet. Im gelben fahlen Licht der Nachttischlampe drehte er sich im Kreis, entdeckte ein Spiegel an der Wand, darüber ein Waschbecken mit Schminkgerätschaften, mehrere Parfumflakons, und am Ende des Raumes versteckt hinter einem Vorhang sogar eine Toilette. Ein alter unschön anzusehender Teppich mit orientalischem Muster lag schmucklos zu seinen Füssen, eine Metallpritsche in der Ecke, an der linken Wand nahe der Tür stand ein Schmutziger Cocktail Sessel aus den sechzigern.

Ein staubiges Buch lag auf dem Bett mit dem grauen, fleckigen Laken, er nahm es in die Hand, pustete den staubigen Einband sauber und blätterte darin herum.
Ein uraltes Latein- Wörterbuch mit Symbolen und Bildern wie es Halldurson beim Durchblättern feststellte.

Sollte dieses vergammelte Verlies tatsächlich Evaras Zimmer sein? Das sie eine Angestellte sein musste, dass stand bereits außer Frage, sonst würde die junge Dame nicht das „Festmahl" herrichten und schon gar nicht so hervorragend ausstatten. Also wohnte sie hier oder war es nur ein Pausenraum?
Gehörte ihr Auftreten, ihre „Kleidung" und Aufmachung zur Hotelphilosophie?
Wieder nur Fragen...
Ein grauer angerosteter Schrank oder Metallspind wie man auch sagte, eroberte seine Aufmerksamkeit.
Noch bevor Jon ihn durchsuchen konnte, vernahm er Schritte auf dem „Gammelteppich", Stimmen, Getuschel, Gekicher, jemand war auf dem Weg in seine Richtung.

Schnell erstarb das Licht der Nachttischlampe, die Anspannung in ihm wuchs erneut ins unermessliche. War Evara auf dem Weg in ihr unwirkliches Quartier? Sie würde ihn beim Stöbern auf frischer Tat ertappen, das war nicht gut und könnte seine Tarnung auffliegen lassen...

Er musste raus aus dem Zimmer, schnell... jetzt und sofort...

Nicht einfach bei völliger Dunkelheit, doch die ungefähre Richtung in die Jon gehen musste war klar. Nur nicht zu überhastet...
Ja, der Eingang... die Tür war nicht komplett geschlossen, dass war nun ein guter Schachzug, dass Gequietsche der Türscharniere hätte ihn sofort verraten.

Raus aus dem Zimmer und ein Stückchen nach rechts. Seine Augen waren noch nicht ganz an die schwärze gewöhnt und er ging weiter tastend in die Dunkelheit, die Kellerwand diente als Wegweiser.
Doch im nächsten Augenblick wurde es ruhig und still. Eine Tür schlug ins Schloss, die Stimmen verstummten sofort.

Jon wartete noch ein paar Sekunden bis er sich sicher war das niemand mehr auf dem Gang verweilte und ertastete nach Sekunden den Plastikvorhang, zog in ein Stück zur Seite, da war niemand zu sehen. Nur zu hören war etwas, es plätscherte. Die Geräusche sickerten aus dem Poolzimmer. Vielleicht die Hummers, die vor ihrer „Henkersmahlzeit" ein heißes Milchbad nahmen?

Für die Nasen der weiteren Anwesenden des anstehenden Festschmauses sicher eine Wohltat.
Jon ging zurück, doch bevor er die Küche betrat, sollte dringend etwas erledigt werden, sonst pinkelte er sich doch noch in die Hose...

XXX

Die Erleichterung stand ihm deutlich ins Gesicht geschrieben, so nötig war es schon lang nicht mehr. Mit gewaschenen Händen betrat Jon wieder die schrecklich beleuchtete Horrorküche des Hotels. Seine Mitstreiterin im Kreieren des Festmahls erwartete ihn bereits.

>>Salve Jon, Pipi perfectus? Unus Alcohol?<< sie Lächelte ihn verführerisch an und hielt ihm eine weitere Dose Bier hin.

>>Vielen Dank Evara, tu delicia...<< Jon verbeugte sich leicht, lächelte zurück, Evara freute sich, drehte sich im Kreis und tänzelte zum Herd, den sie wohl wieder angeschaltet hatte, damit das Essen nicht kalt wurde, die junge Frau werkelte dort weiter herum, lies das Fleisch noch einmal kurz auf hoher Stufe anbrutzeln.

Der Ekelgeruch verabschiedete sich langsam, der Duft der Röstaromen eroberte sich den Raum und Jon bekam sogar etwas Hunger. Der Tisch war perfekt gedeckt. Der Sekt und die dazugehörigen Kristallgläser standen auch bereits auf dem großen Tisch, so wie es sich gehörte. Außerdem gab es eine tief blaue dickbauchige Flasche, fast bis zum Rand gefüllt, was sich darin wohl befand? Essig? Öl?

>>Evara, bitte, was ist in dieser Flasche?<< Evara sah erst Jon an dann zum Tisch.

>>Ah, un Butticula? << *(eine Flasche)*

>>Un magia Potio...<< *(ein magischer Trunk)* Sie lachte laut auf.

>>Tu Attemptare?<< *(Möchtest du versuchen?)* Sie legte ihre Hand an ihren Mund und kippte sie ein paar Mal, dass verstand Jon.

>>Ja, trinken, probieren... Attemptare...<< er nickte heftig.

Evara öffnete die oberen Schranktüren, machte sich lang, sehr lang, was Jon wiederholt ein sabberndes verzücktes Lächeln auf sein Gesicht zauberte, zog ein nicht mehr so schönes Glas aus dem Küchenmöbel, spülte es kurz ab, ging zum Tisch nahm die schwere Flasche und füllte das Glas halb voll.

>>Caeles Potio... bene...<< *(göttlicher Trank)*

Das Zeug roch nach Kräutern, irgend eine Mischung aus Anis, Oregano? Lavendel? Minze? Und und und...

>>Moment... der Geruch, die gelb grünliche Farbe...<<

>>Ist das vielleicht das Getränk was auf Ibiza hergestellt wird, wie heißt es doch noch gleich... Hierbas...?<<

>>Hierbas Ibicencas...<< komplettierte Evara den Namen des Ursprungsgebräus.

>>Valde Vetus...<<

>>Hierbas Ibicencas ja genau, so heißt das Zeugs da, meine ich... na dann... das du es kennst...<<

Jon nahm den ersten Schluck und es brannte wie tausend Sonnen in seiner Kehle.

Er hustete wie ein lungenkranker Esel, griff zur Bierdose um die wahnsinnige Glut in seinen Eingeweiden zu löschen. Evara lachte sich derweil kaputt.

>>Valde fortis?<< *(sehr stark?)*

>>Noster Comissatio?<< *(unser Trinkgelage)* sie lachte weiter.

Die Bierdose lehrte Jon in einem Zug, und stimmte anschließend in ihr Gelächter mit ein. Die junge blonde nahm sein Glas vom Tisch und trank ebenfalls einen großen Schluck der Anisbrühe, sie Schluckte den fast zähflüssigen Brei, ihre großen Augen wurden noch größer, gab eine quiekenden Laut von sich, schlug sich mit ihrer Hand vor die Brust, aber Evara war sehr tapfer und hustete nicht.

>>Hey, wie machst du das, trinkst du öfter davon?<< Sie verstand ihn nicht, schüttelte ihren Kopf das die blonden Haare umherflogen, füllte das Glas noch einmal auf reichte es ihm.

>>Ok, dass ist aber der letzte, vorerst...<< mahnte Jon mit erhobenen Zeigefinger aber lächelte dabei. Zu Husten brauchte Jon nun nicht mehr, das Zeugs schmeckte mit einem Mal.

>>Hmmmmmmm....<< sagte er, Evara tat es ihm gleich, nachdem sie das Glas komplett lehrte, sich die rosa roten Lippen leckte.

»Magnus Ridiculusum...« *(ein großer Spaß)* flüsterte sie ging einen Schritt auf Jon zu, und nahm ihn überraschend in den Arm, ihre Hände strichen über seinen Rücken, Jon war völlig perplex.

„Wen sie mich noch zwanzig Sekunden weiter streichelt, brauche ich ne neue Unterhose" dachte Jon und drückte sie nun ebenfalls fest an sich.

...bis auf einem Mal die Küchentür nach innen schwang, die beiden Turteltauben hatten völlig die Zeit vergessen.

Hereinspaziert kamen eine Frau und ein gut zwei Meter großer Mann, sofern der Türrahmen zwei Meter maß, nicht die „Hummers", nein, es waren demnach die Gäste aus der Neun.

Das weiche, dünne, glänzende Kunststoffmaterial aus Gummi oder Plastik?... klebte förmlich an ihren Körpern lies keine Stelle aus, Jon korrigierte sich sofort, die Brüste der Frau und es waren gewaltige Brüste, stachen aus zwei wohl vorgefertigte Löcher hervor, die Nippel steif wie gefrorene Hagelkörner, für jedes Augenpaar frei zugänglich, *„das sind ja halbe Trekkerventile"* dachte Jon, der Frankfurter Ermittler schüttelte den Kopf und schmunzelte dabei.

An den anderen wichtigen Stellen dieser „Anzüge" gab es bei dem Herrn jeweils kurze Reißverschlüsse, bei der Dame eine langen durchgehenden...

Überhaupt erinnerte ihr Luftraubendes super enges Kostüm an eine Katze, die Kappe die sie trug lies nur ihre Augen erkennen, einen Reißverschluss für den Mund, der Rest blieb versteckt und abgeschnürt, fehlten nur noch die feinen Schnurrhaare, die spitzen Katzenohren und das buschige Schwänzchen... das beinahe Kätzchen stand auf High Heels, wie ein normal Stehen oder gehen auf fünfzehn Zentimetern überhaupt möglich war blieb wohl ihr eigenes Geheimnis... und nahm sie zum Essen die Kapuze ab?
>>Mohoin...<< schrie der Katzenherr in den Raum.

>>Gifft dad nu ornlich watt tau frätn nu? Wi häff Gohldampff denn...<< grinsend kam der Herr der Brüste auf Jon zu und hielt ihm die plastikummantelte Hand hin.

>>Fischer mein Name, Thorsten Fischer, aus Bremerhaven, dass ist meine Fischerin Annett...<< der Fischermann bügelte mit seinen Worten jede im Vorfeld entstandene Stimmung aus dem Raum. Er grapschte nach jon´s Hand, schüttelte sie kurz, wandte sich sofort Evara zu, die bereits und wie erwartet langsam den Rückwärtsgang einlegte.

>>Watt is denn datta für ne bannich lekka Krabbe... is datt use Vorspiiiß? Kär watt bissun Honichdröppchen... wie heissu dänn? Komma rann hier... mannich so scheu nich, looddi ma begrabbeln...<<

Er schickte sich an auf Evara zuzugehen und Jon wusste aus Erfahrung was dann geschah, sie versteckte sich oder rannte weg. Jon hielt den Plastikonkel an der Schulter zurück, wäre fast abgerutscht von seiner zweiten Haut.

>>Das ist die Evara, sie ist für das Essen zuständig, sie selbst ist nicht der Hauptgang, mein Name ist Jon und ich heiße sie zwei hiermit herzlich Willkommen. Bitte setzen sie sich doch, der Schmaus beginnt sofort. Die Ehrengäste treffen sicherlich gleich ein. Was möchte sie in der Zwischenzeit trinken?<< Jon kannte sich selbst nicht mehr, er beherrschte seine Rolle mittlerweile voll und ganz. Auch der Schnaps und das Bier verfehlten ihre stimulierende Wirkung nicht, er fühlte sich freier, enthemmter, in dieser Ausnahmesituation vielleicht kein schlechter Zustand.

>>Soso, da säch ich ma watt schade, hättwohl gärn ma ne tugn riskiert...<< sprach der Katzendompteur grinsend, hob die Hand spreizte zwei Finger zum V und leckte dazwischen herum... die zwei schwarz glänzenden setzten sich an die Tafel und fielen über den Sekt her.

Evara stand bereits wieder am Herd, Jon gesellte sich zu ihr, sah sie von der Seite her an und kniff ein Auge zu, sie verzog den Mund rümpfte die Nase, ihr gefiel der Mann wohl auch nicht.

>>Alles gut?<<

Das verstand sie natürlich nicht, so versuchte Jon es mit den Buchstaben die Weltweit die wohl bekanntesten waren, und für beinah jedem verständlich.

>>Alles ok?<< flüsterte Jon, legte eine Hand auf ihre Schulter, sie zuckte nicht weg.

>>Ok... ah, omnibus bonum...<< Evara nickte.

Die nächsten Gäste erschienen, die „Hummers" das große ausschweifende Milchbad war demnach beende. Ein großes „Hallo" entstand als die Hotelinsassen sich untereinander begrüßten, auch für Jon und Evara gab es eine Begrüßung, jedoch nicht so überschwänglich wie bei den ersten Gästen Minuten zuvor.

Das vornehme anrichten der Teller begann, auch in dieser Disziplin erwies sich Evara als äußerst begnadet. Jon gab derweil den Aushilfskellner, balancierte und platzierte die fabulös angerichteten weißen Porzellanplatten zu der hungrigen Meute am Eichentisch.

Jeder bekam ein sehr gut gebratenes Stück Fleisch, etwas Salat, reichlich Kartoffeln, lange grüne Bohnen und eine scharf pikante Jägersoße, die beiden Köche saßen auch mit am Tisch. Für Jon eigentlich eine abgrundtiefe Zumutung, doch das letzte was er aß war das spärliche Frühstück am Morgen, der Magen hing im in den Knien und es lies sich nicht umgehen, er musste eine Kleinigkeit essen.

Neben ihm saß seine Latein sprechende halbnackte Schönheit, stach im Salat herum und würdigte dem Wortführer der Tafel keines Blickes. Mister Katzenjammer hielt so etwas wie eine Tischrede, würdigte das Festmahl, den Abend, die Anwesenden, den Gastgeber und überhaupt die Möglichkeit sich an so einem Ort privat ausleben zu dürfen. Er hob sein Glas und prostete allen anwesenden zu.

Ob der Plastikmann damit recht hatte vermochte Jon nicht zu beurteilen, ihm war es letztlich egal was sie hier trieben, solang niemand zu Schaden kam.
Die Teller leerten sich, die Flaschen ebenfalls und Evara erhob sich um das nun schmutzige Geschirr abzuräumen.

»Häpp ji hier watt tau schmöken dänn? Ne ornliche Zigarre? Giff dat hier dat oder watt?« rief der sichtlich angetrunkene Katzenboy Evara entgegen und lachte erneut laut auf. Und tatsächlich, die junge Dame zauberte aus einem der Schubkästen des Steinzeitküchenschrankes Anzünder, Knipser und Zigarren hervor, von welch einer Marke vermochte Jon nicht entziffern.
»Dassja nen Ding... dank dir min Deern, härs dänn nu für Ongel Thorsten ukk een Asch-iima? Oda mütt ikk dad upp dänn Bouden aschen...«

Auch dieser Bitte kam Evara nach, klaubte ein Aschenbehälter aus Glas aus dem Regal, stellte das schwere Stück auf den Tisch neben dem Mietzekater. Da Evara sich wieder sehr lang reckte und streckte, rutsche dem entsprechend ihr kurzes Kleidchen erneut bis zur Hüfte hoch und legte zu Jon`s Freude wieder ihren hübschen blanken Hintern frei. Dieses Mal hielt sich der Herr Katzenjammer nicht zurück, legte seine gewaltige Pranke auf ihren Hintern und lies blitzschnell seinen wurstigen derb schwulstigen Mittelfinger für einen Augenblick in ihr verschwinden. Evara schrie auf, schlug ihm sofort auf den Arm und sprang einen Schritt zur Seite.

>>Majalis...< *(kastrierter Lümmel)* schrie sie ihn an.

>>Was soll das? So behandelt mein keine Dame, Finger weg...<< blaffte Jon den zwei Meter großen Bremerhäver Fischerkater an.

>>Hey, bleima logga main Froind... imma sachtee, ich tu ihr schonn ma nichts du... wollde nurma schnüffeln, wii spölt öfters ma Hündchen, nich wa Schatzi?<<
Der Wildkater zog seine überraschte Gummimuschi an sich und leckte ihr quer durch ihr Gesicht.
Die junge Blonde Evara startete, riss voller Wut die bauchige Flasche vom Tisch, rannte zur Küchentür hinaus, sie hatte wohl endgültig genug.

>>Zufrieden...<< kommentierte Jon die Aktion und sah dabei den Katzenwicht strafend an.

>>Flach halden daaat Dinggän, dei jungen Hühnekken sinn doch jümmä gliks vergräällt, dad bätn biin Mors klain, jümmä gliks beleidicht, staid hier nakkich rümme un flend un mogt hier fassmichnichtan, ist doch watt Dekoration dei kleene do... ne sütn Pralinchen sinn zum vernaschen do...<<

>>Müssen sie doch nicht gleich grob werden, nicht zu fassen ist das...<<

>>Nu heul du au noch rümme du Affee, lop ji doch watt hindär här un rük sümms ma ne Nose du...<< der nordische Katzenhengst bog sich vor Lachen spukte dabei und trank anschließend den Sekt direkt aus der Flasche.

Das die Brustmuskulatur, die Muskulatur der gewaltigen Oberarme des Gummikaters dabei nicht das Latex oder was auch immer sprengten, wunderte den Frankfurter Beamten. Er legte sich mit dem lieber nicht an.

Jon wurde es jetzt auch zu bunt, er warf sein Spültuch ins Edelstahlbecken und entfernte sich ebenfalls aus der Küche, wohin war die junge blonde gelaufen und wie ging es ihr?

Eigentlich war diese Frage schnell zu beantworten und ein paar Sekunden später stand er auch schon vor ihrer Tür hinter dem dunklen Plastikvorhang.

Leise Klopfen, noch einmal. Keine Antwort.

>>Evara?<< flüsterte Jon, drückte langsam die Türklinge hinunter, öffnete die Tür weiter, wieder dieses ekelhafte Geräusch der Scharniere.

Die kleine Nachttischlampe verstreute ihr spärliches Licht, die blonde Frau stand vor ihrer erbärmlichen Pritsche, ihre Schultern zuckten, weinte sie?

>>Evara hat er dir weh getan? Der Mann, au, aua?<< mehr fiel ihm nicht ein um Schmerz zu beschreiben. Sie drehte sich zu ihm.

>>Au, Dolor? Non...<< *(Schmerz, nein)* sie schüttelte den Kopf.

Jon war es nun egal, ob sie weg lief oder was auch immer nun passierte, er nahm sie in den Arm, legte eine Hand auf ihren Kopf und streichelte sanft ihr Haar.

>>Evara... ich habe so viele Fragen an dich, warum sprichst du nur Latein? Wohnst du hier? Arbeitest du hier? Seit wann? Wie alt bist du, dein Nachname? Ich...<< Sie sah zu ihm auf, stellte sich auf ihre Zehenspitzen. So nah, so furchtbar nah befanden sich ihre Lippen nun vor seinen, kein Haar hätte zwischen ihnen Platz, und es war als spürte er bereits das Pochen ihres Herzens, hörte das Rauschen ihres Blutes, weckte eine nie gekannte Sinnlichkeit in ihm, so wunderbar war sie. Ihr Duft war so berauschend wie ungewöhnlich und mysteriös.

Der Kuss...

Samtige warme Reinheit, als küssten diese Lippen zum ersten Mal.
Der Kommissar vergaß sich...
Seine Gesichtszüge wurden härter, dunkler, aggressiver... er packte zu... Jon kannte sich selbst nicht mehr...

Der Griff an ihrem Arm war hart. In ihrem Zorn über sein ungestümes Verhalten mischte sich eine ganz elementare feurige Erregung. Sie warf ihr Haar zurück und versuchte sich von ihm zu lösen, er hielt sie im festen Griff.
>>Ich kann mich nicht länger zurück halten, Evara, deine Augen... deine Augen sind so... alles an dir ist unglaublich...<<
Seine Lippen pressten sich auf ihre, hart, fordernd, voller Verzweiflung... seine Zunge suchte eine winzige Öffnung durch ihren Schutzschild hindurch der aus weißen Zähnen bestand und hatte schließlich Erfolg. Evara ließ es zu, sein warmes fleischiges Genussorgan glitt in ihren Mund...
Die blonde Frau verdrehte ihre Augen... er schmeckte großartig, wie ein lang ersehntes Festmahl nach viel zu langer Kasteiung oder selbstauferlegter Askese, kein Vergleich zu ihrem Hans.

Obgleich sie ihre „Krallen" bereits ausfuhr und sie für ihn unsichtbar schlagbereit in der Nähe seines Kopfes hielt, zuckte die junge Frau nicht zurück, ganz im Gegenteil, sie drängte sich ihm entgegen.

Er hatte ohne es zu wollen den Schalter zu ihrer wahren Leidenschaft gefunden, eine unterdrückte Begierde die so verdammt lang in einer Art von Totenstarre lag. Sie spürte wie etwas in ihr erwachte etwas heran wuchs, sich überall in ihr ausbreitete, wie eine junge Pflanze die das erste Mal in ihrem Leben ihre zarten Knospen dem hellen Sonnenlicht entgegenstreckte.

Jon wusste genau, sie so animalisch zu Küssen war wie ein Ritt auf der Kanonenkugel, jederzeit konnte sie explodieren.

Jetzt wusste er, wie sich der Herr Hieronymus Carl Friedrich von Münchhausen aus Bodenwerder fühlte.

Gefühle die er noch nie erlebte stachen ein auf seinen Leib, er nahm sich einfach das was er verlangte, auch auf die Gefahr hin das sie ihn nie wieder sehen mochte. Etwas nicht erklärbares wollte aus ihn heraus, ausbrechen... ja, ausbrechen… wie ein verrückt gewordenes wildes Tier das an den Metallstäben seines Käfigs nagte... und ganz langsam wurden die Stäbe dünner und dünner und dünner...

Jon spürte das Evara es genoss, sie gab süße wimmernde seufzende Laute von sich, versteifte sich drückte sich an ihn, ihr Herz öffnete sich, ihr Puls schlug so laut und so wild, es klang wie ein beschwörendes reizvolles Trommelfeuer der Lust. Ihre Münder verschmolzen zu einem, es Schmatzte laut, der Boden war nicht mehr existent, er glich einem lodernden heißem Krater der jeden Moment einer gewaltigen Eruption freien Lauf lies. Seine Hand berührte ihre Haut am Rücken, so straff, weich und samtig. Sie war so betäubend wunderschön, jeder Mann würde ihr sofort erliegen... er zwang sich ihr nicht das hauchdünne Nichts von einem Kleid vom Körper zu reißen und wusste nicht woher er die Kraft besaß es nicht zu tun... und tat doch etwas...

Er küsste sie fordernd immer weiter als sich seine Hände auf ihren Schultern wiederfanden, die kaum zu spürenden Trägerchen rutschten von ihrer blassen Haut, fielen herab, zog weiter behutsam an den schmalen Bändern und damit an dem Hauch von Stoff ihres Kleides, Jon entblößte nun ihre prachtvollen Brüste, sie ließ es wieder geschehen...

Er stöhnte auf als seine Finger ihre seidigen Kirschen berührten und...

Plötzlich zog sich seine liebste zurück, so heftig zuckte sie zurück als küsste sie einen Vulkan und verbrannte sich den Mund an ihm.

Sie atmete schwer und heftig, auch Jon versuchte seine Lungen wieder mit etwas atembaren zu füllen.

Evara hob blitzartig ihren Arm holte aus, doch Jon fing sie rechtzeitig am Handgelenk ab.

Obwohl sie es so sehr mochte und dabei hoffte das er es noch einmal tat, doch ihre Selbstachtung ihr Selbstwertgefühl siegte im jetzigen Moment und so schrie sie ihn an...

>>Noli me tangere, non amplius *(fass mich nicht an, nie wieder)*...<< Sie zog ihr Kleid zurecht.

>>Vade retro me...<< *(Geh weg von mir)*

Der Schock saß tief, sie wandte sich von ihm ab, ihre ablehnenden Worte stachen wie grobe Nadeln in seine Haut. Jon verstand wieder nicht was sie ihm sagte, doch ihre Worte, die Aussprache, die Farbe ihrer Stimme sprachen Bände. Er schüttelte den Kopf um wieder denken zu können, ihre Nähe, ihr Geruch war wie Kokain, ein Rauschmittel, nur langsam wachte er auf. Jon schluckte einige Male um sicher zu sein das seine Stimmbänder seinen Befehlen Folge leisteten.

>>Was habe ich nur getan... aber so ist es wie immer... ich bin so, verderbe alles... es tut mir so verdammt Leid... verzeih mir bitte Evara...<< sprach Jon weinerlich, verbeugte sich tief und verharrte in dieser Position, bis die junge Frau sich umdrehte und ihm eine Hand unter sein Kinn legte und ihn behutsam aufdrückte.

>>Veniam da quaeso, verba me gravis... *(Verzeih mir die derben Worte... so war es nicht gemeint... ich hatte nur Angst wir könnten uns verlieren, uns vergessen...)*<< sie sprach leise, ihre vollen blassen Lippen zitterten, schimmerten feucht und glänzten im matten Schein der Lampe.

>>Caritas omnia potest...<< *(Liebe erträgt alles)*

Ihre Stimme so lieblich und sexy gleichzeitig, ihre Worte im Latein klangen so sinnlich, Jon`s Verstand schien pulverisiert zu sein, er konnte nicht mehr klar denken. Er hörte nur Worte wie Timor (Angst) parce mihi (verzeih mir) die für ihn keinen Sinn ergaben... dennoch fühlte er, dass sie sich bei ihm entschuldigte.

Jon sah sie an, starrte auf ihren reizvollen Brustansatz, seine Augen streichelten die harten erregten zitternden Knospen die sich durch den dünnen Stoff stachen, blickte in ihre abgrundtiefen braunen Augen...

>>Ich weiß wirklich nicht was mit mir los war, was in mich gefahren ist, bin ich nicht auch so ein Typ wie dieser Plastikheini aus Bremerhaven? Nein, dass war nicht ich, ich bitte noch einmal um Vergebung, nimm meine Entschuldigung an, vielleicht ist es dein Trunk den du mit verabreicht hast, ein unschlagbarer Zaubertrank... Hierbas Ibicencas...<< sagte er.

Jon streichelte ihre Wange.

Evara schloss ihre Augen dabei, nahm seine Hand und tupfte ihre Lippen auf seine dünne Haut am Handgelenk, spürte wie sein Blut durch die Pulsader zuckte.

>>Non dubito, quin verum dicas... *(ich zweifele nicht das du die Wahrheit sagst)*

>>Odi et amo. Quare id faciam, fortasse requiris. Nescio. Sed fieri sentio et excruzior... *(Ich hasse und liebe. Vielleicht fragst du, warum ich das tue. Ich weiß es nicht. Aber ich spüre das es so ist und leide darunter.)*

>>Dea... amor...<< *(Göttin, Liebe)* flüsterte Jon schüchtern, lateinische Worte die er kannte.

>>Amor autem dea...? *(Göttin der Liebe?)*<< Evaras Mundwinkel hoben sich einige Millimeter, streckte ihren schmalen Hals, sie gab ihm einen Kuss auf den Mund.

>>Homines sumus, non dei. *(Menschen sind wir, keine Götter.)* auch Evara flüsterte nur.

Jon kam sich bescheuert vor, was hatte er hier angerichtet, ein Frankfurter Ermittler fällt über eine junge Frau her die nur Latein sprach und das in einem zwei Stockwerke tiefen Keller, in einem baufälligem heruntergekommenen Hotel mitten im Harz, war er noch ganz bei Sinnen?
Anscheinend nicht.
 In seinem Kopf purzelten die Gedanken umher...

Es gab nur eines was er in dieser Situation machen konnte... Verschwinden...

>>Soll ich nun gehen?<< Halldurson wies mit dem Zeigefinger auf sich, danach zur Tür, bei dieser Bewegung mit dem Kopf wurde ihm schwindelig, er war nicht mehr ganz so standfest. Die junge Frau verstand, schüttelte sofort ablehnend den Kopf.

>>Gratias... non concedo ut abeas...(Hab dank, aber ich lass nicht zu das du gehst.)<<

>>Tenere me... (halt mich fest)<< sie schmiegte sich an ihm.

Jon legte einen Arm um ihre Schulter, seine Hand ruhte auf ihrem weichem Haar und drückte Evara an seine Brust.

>>Seit dem ich dich zum ersten Mal gesehen habe gehst du mir nicht mehr aus dem Kopf. Du hast etwas in mir zum Leben erweckt was ich längst für gestorben hielt. Vielleicht sollte es so sein. Mein Herz, mein Verstand meine Seele verlangt, nein, schreit nach dir... Wachs bin ich in deiner Nähe... meine Adern, meine Venen sind mit dunkelblauer Tinte gefüllt um damit ein Buch voll zu Schreiben, weiße leere Seiten mit dem Geist unserer Verbindung zu füllen. Ich habe Vertrauen zu dir, es ist so verdammt viel passiert, früher, etwas was mich ein Leben lang begleitet und auch in letzter Zeit, es sind Dinge geschehen die ich kaum begreifen kann... alles steht Kopf...

Ich möchte dir so viel erzählen... und doch diese eine Geschichte, sie liegt mir besonders am Herzen...<<

>>Loquere me...<< *(Sprich mit mir)* Evara legte einen Finger auf seine warmen Lippen, führte ihren Finger dann an ihr glühend heißes Ohr, Jon verstand ihre Geste... in seinem Kopf drehte sich nun alles...

>>Dann will ich es dir erzählen... ich erinnere mich immer wieder daran als wir die Nachricht bekamen, meine Schwester und ich, als wäre es erst gestern passiert... die Bilder im Kopf, so real, die Geborgenheit unseres Heims, so greifbar, an den Geruch im Haus... nie werde ich das vergessen.

Jon senkte den Kopf bevor er weitersprach...

>>Es war ein wundervoller klarer Wintermorgen, kalte trockene Luft. An diesem Tag sollte das Thermometer auf achtundzwanzig Grad unter Null fallen, und das am hellen Tage. Mein Vater ließ sich nicht beirren und er machte sich auf den Weg zu seiner Lieblingsstelle am tief verschneiten und zugefrorenen See, gut eine halbe Autostunde von unserem Heim entfernt, so erzählte es uns unserer Mutter jedenfalls. Eisangeln war eben seine Leidenschaft. Er liebte die Stille der Natur, niemand hörte und störte ihn, dort konnte er Kraft tanken, dort gab es das wahre Leben zu bestaunen in seiner vollkommenen Pracht, wie Vater immer sprach.

Die leicht ansteigenden, teils bewaldeten Hügel, die ferne des Horizonts, der große See.

Immer schwärmte er davon.

Mein Vater verbrachte wohl Stunden dort, wir machten uns bereits große Sorgen. Stets war er pünktlich zurück, denn passieren konnte immer mal etwas. Unsere Mutter wartete noch eine Stunde, es dämmerte bereits und er kam nicht zurück. Sie zog sich warme Sachen an, nahm mich zur Seite und flüsterte mir ins Ohr... *„Ich werde nun nach eurem Vater sehen, bleib bei deiner Schwester und pass auf sie auf. Ich bin bald zurück, hab keine Angst..."* Mutter gab meiner Schwester einen Kuss auf die Stirn ging schnell hinaus in die furchtbar eisige Dunkelheit, startete das zweite Schneemobil und fuhr davon. Meine Maam suchte meinen Vater jedoch vergeblich in dieser Nacht. An seinem üblichem Lieblingsort hielt er sich nicht auf.

An diesem Tag war eine andere Stelle, ein anderer Platz wohl interessanter für ihn.<<

Jon sagte ein paar Sekunden nichts... holte dann tief Luft bevor er fortfuhr.

Dem Polizeibericht zur Folge fand man ihm im Wasser stehend, oder viel mehr im Eis stehend.

Er muss ein Lufteinschluss im Eis übersehen haben, eine Luftblase, er brach dort hinein und sein rechter Fuß verkeilte sich wohl in einer Eisschicht darunter.

Das Eiskalte Wasser füllte nun nach und nach den neu entstandenen Trichter, bis mein Vater bis über beide Knie im Eiswasser stand.

Seinen Fuß bekam er nicht befreit. Auch wenn er das Wasser bewegte, so ging ihm wohl die Kraft aus und das Wasser gefror allmählich bei den tiefen Temperaturen.

Keine Mensch, keine Hilfe weit und breit.

Als letzten Gruß an uns zeichnete mein Vater ein Herz in den Schnee...

Jon`s Stimmte stockte, er holte tief Luft, rieb sich dabei mit dem Handrücken über seine tränenden Augen.

>>So fand man ihn viele Stunden später, bis über die Knie im gefrorenen See, er stand und war doch tot.<<

Evara schwieg... und sah ihn mit weit offenen Augen an.

>>Du siehs mich mid deinen wunneervollen großen Augen an... und ich weiß doch du gannst mich nicht verstehen, aber das ist die Geschichte, die mein Herz, meine Seele, mein Leben verännert hat, und imme noch verännert, jeden verdammen Tach...<<

Die letzten zwei Sätze sprach Jon so leise das er sie selbst kaum hörte, Müdigkeit und der Alkohol lähmten seine Stimmbänder.

Evara spürte die Herzenswärme die von diesem Mann ausging... er sprach mit einer traurigen Stimme.

Etwas in seinem Leben war geschehen was ihn aus der Bahn warf und ihn immer noch sehr belastete. Seine Stimme klang so traumhaft rein...

Auch strahlte er eine sanfte Vertrautheit aus, die sie in den Bann zog, etwas gleiches spürte sie in ihrem Leben noch nie. Sie würde sich ihm hingeben das stand fest... doch reichte es wirklich um ihn für das zu danken was **er** ihr gab?

Die junge Frau war sich nicht mehr sicher. Gleichwohl fasste sie einen Entschluss... das größte Geschenk was sie ihm geben konnte, und das stand jetzt unumstößlich fest, war etwas großes, etwas grandioses... etwas dauerhaftes, etwas was auch sein Dasein verändern würde, sehr sogar... sie war bereit ihm etwas zu zeigen, ihr heiligstes... ihre Sammlung der Sünde und des Schmerzes...

Doch es gab da noch eine gewaltige Steigerung... eine Würdigung seiner Selbst...

Evara würde ihm die Ehre erweisen und ihn aufnehmen... ihn aufnehmen in ihre so wertvolle Sammlung... das war ihr Donum für diesen einzigartigen Menschen...

Evara würde es bannen... horten, sein fein geschwungenes Antlitz sollte sich mit den anderen Versammeln, Verbünden... Vereinen...

denn

>>Media in Vita, in morte Sumus...<< *(Mitten im Leben sind wir vom Tod umfangen)* sprach sie.

...für immer und bis in die Ewigkeit...

XXX

Zur Feier ihres erhabenen Einfalls, ihrer fantastischen Idee entkorkte sie noch einmal die große bauchige tief blaue Flasche mit dem ur altem zähflüssigem Ibizatrunk, und goss die bereit stehenden Wassergläser ein weiteres Mal voll.

>>Prosit meas amor...<< *(Zum Wohl mein Liebster.)*
Auch jetzt nippte Evara nur kurz daran, während Jon das Gebräu in Gänze seinem Magen anvertraute. Er hustete, stöhnte und hustete noch einmal.

>>Dassis ein gudes Zeugs da und es verträumt, äh vertreibbt allä bösän Gaiser und Gedangen...<< lallte er nun hörbar, hielt ihr das leere Glas entgegen und forderte eine weitere Füllung, die Jon auch sofort bekam. Auch den Inhalt des vierten Glases trank Halldurson in einem Zug, mit all den dazugehörigen Konsequenzen denn jetzt wirkte das Elixier erst richtig.

>>Mainn Gottgüddä, dassja staak das Zeuch... was...<< er musste gähnen... >>Was is sas? Eva... gib mir nochwas... ich fühl michgut... sowundergut...<< der Trunk erfasste nun seinen gesamten Körper, lies ihn auffällig Torkeln.

>>Ichglaube es gibbt ain ärdbeebn... dumussmich fesshalden Ewa...<<

>>Mein Liebster, gleich wird es dir besser gehen, du bist nun bereit mein heiligstes anzusehen.

Niemand hat es je zu Gesicht bekommen. Du bist der erste und der letzte dem ich es zeigen werde. Dann gewähre ich dir die vollkommene Ehre, Teil meiner so geliebten Sammlung zu werden...<<

>>Sunt, qui animam immortalem esse negent. *(es gibt Leute, die leugnen, dass die Seele unsterblich ist.)*

>>Tuus anima est immortalem... *(Deine Seele ist unsterblich.)*

Zwei lange Schritte waren es bist zum Stahlschrank auf der linken Zimmerseite. Evara öffnete die Türen, mehrere kleine Halogenlampen im inneren des Schrankes riss elf Objekte auf drei Schrankböden verteilt aus der Schwärze des Raumes.

Es waren elf Gesichter...

Evara sammelte Gesichter, Gesichter von toten Menschen...

XXX

Zwei runde silberne Scheinwerfer verstrahlten ihr helles Licht, durchstießen wabernde Nebelschwaden und tasteten sich bei jedem Tritt in die Pedalen schwankend durch die schnell zunehmende Dunkelheit.

Kurz vor dem angedachten Ziel verschwand das störende Hell um nicht zu früh entdeckt zu werden.

Zum mittlerweile hundertsten Male fragte sich Viola warum sie eigentlich mit ihm mitgefahren war. Doch sie konnte nicht nein sagen und Stevens Idee war dann doch nicht so schlecht wie sich später und nach intensiver Überlegung herausstellte, außerdem passierte hier in Braunlage nicht all zu viel zu dieser Jahreszeit und außerdem mochte sie ihn...

Im Winter, ja klar, da war es ganz anders und jeder Schneetag, wenn es denn Schnee gab, wurde bis zum letzten Lichtstrahl und oft darüber hinaus ausgekostet. Die Hänge wurden mit den Ski hinunter gebügelt bis die Beine versagten oder der Hosenboden vom Rodeln schmerzte wie der nackte Hintern auf der glühenden Herdplatte, dass machte Spaß... aber jetzt war Herbst und andere Abenteuer sollten ihre Zeit vertreiben.

Also verabredeten sie sich schließlich und fuhren mit ihren drahtigen Rädern zum sagenumwobenen Hotel des Grauens.

Natürlich hielt Vio dicht, sagte kein Sterbenswörtchen zu ihren anderen Freunden. Es sollte eine mega Überraschung werden und das „Blödsinnmachfieber" packte nun auch sie.

Die Nebelmaschine wog gut und gern vierzehn Kilo bei voller Betankung wie ihm Roger versicherte, ein gutes Viertel seines eigenen Gewichts und seine rechte Hand schmerzte mittlerweile höllisch.

Die Bikes verschwanden im Gebüsch, Viola blieb vorerst zurück, verzog sich in den kalten Schatten der groß gewachsenen Buchen. Der junge Mann schloss den Kragen seiner Nebulus Jacke und ging mutig vor.

Die Tür, er befand sich in dem Bereich wo normalerweise immer irgend ein Licht durch den dazugehörigen Bewegungsmelder ausgelöst wurde, hier ging nichts an und das war außerordentlich gut... Steven hielt den Atem an... lauschte...

Nichts zu hören...

Er drehte sich kurz um seine Augen suchten Viola, doch Vio verschmolz in der Dunkelheit mit dem Schatten eines der großen Buchen.

Steven traute sich, packte die Türklinge und drückte sie runter...

Die Tür ging auf, nur einen Spalt breit... ganz vorsichtig schob er sie weiter auf, ohne Geräusche, er lauschte wieder, keine Stimmen.

Nur das stählerne Ticken eine Uhr war zu hören.

Vorsichtig spähte er durch den Spalt, drückte die Tür so weit auf das er hindurch schlüpfen konnte.

Der Nebler war so verdammt schwer, er nahm ihn in die andere Hand, dabei stieß Steven die Maschine gegen das Holz der halb offen stehende Eingangstür... er erschrak, sein Herz gefror... das Geräusch was bei der Berührung entstand hörte sich wie eine gewaltige Bombenexplosion an. Jetzt war alles aus, sein Plan flog auf... oder? Doch niemand zeigte sich...

Sein trommelnder Herzschlag „beruhigte" sich von einhundertachtzig auf einhundertfünfundsiebzig Schlägen in der Minuten, schlich zitternd und geduckt in das Hotel. Die schwache Deckenbeleuchtung riss ihn aus dem Dunkel der angehenden Nacht, er fühlte sich wie auf dem Präsentierteller serviert. Zuerst Deckung suchen, da schien die Rezeption der ideale Ort zu sein. Steven sah sich hastig um, immer noch niemand zu sehen. Er drückte sich gebückt durch den schmalen Durchgang ohne die schwere Holzschranke anzuheben. Hinter der Holztheke sah es sehr unaufgeräumt aus, erinnerte ihn an sein eigenes Zimmer. Kleine Kartons, Baumwolldecken, eine Menge Druckerpapier, viel Staub und anderes Zeug was da unter dem Tresen lagerte und rum flog.

„Spitze..." dachte Steven, schob vorsichtig seine Hand in einem der Pappkartons und öffnete ihn, der war leer. Der Nebler würde hier genau hinein passen.

„Eine Steckdose... hier musste doch irgendwo eine Steckdose zu finden sein..." dachte er, und tatsächlich... direkt unter der Platte des Tresens befand sich eine angeschraubte fünffach Steckdosenleiste die bereits mit zwei Steckern besetzt war. Nun das letzte Problem, die Kabellänge... doch auch von dieser Seite her gab es keinerlei Schwierigkeiten, alles passte perfekt.

Schritte...

Stevens Herz gefror ein weiteres Mal.
Leise Schritte die lauter wurden, er hielt die Luft an, eine Gänsehaut überfiel ihn, danach schoss eine Hitzewelle durch seinen Körper, er fing an zu schwitzen. Das durfte nicht wahr sein, alles lief so gut...

Die Eingangstür wurde brutal zugeschlagen...
Steven zuckte zusammen.
Die schweren schlurfenden Schritte entfernten sich nicht, sie wurden lauter und lauter und lauter bis sie vor der Rezeption stoppten.
Steven wollte im Boden versinken, machte sich so klein er nur konnte... er schrumpfte förmlich in sich zusammen, versteifte sich bis ein Wadenkrampf drohte.

Ein Kribbeln im Nacken ein Schauer erfasste ihn... nur kein Geräusch jetzt... die komische Standuhr, jedes Tick und Tack dröhnte in seinen Ohren als stünde das unruhige Uhrenwerk direkt neben ihm...

War es Hans der dort stand... praktisch nur eine Holzlattenstärke von ihm entfernt... wenn er ihn jetzt erwischte, der Junge mochte nicht weiter Denken...

Ein Gegenstand wurde jetzt über die blank polierte Oberfläche der Rezeption gezogen, dass hörte Steven genau. Ein Buch, ein Buch wurde aufgeklappt, jemand blätterte darin und schlug es heftig wieder zu.

Wieder diese schweren schlurfenden Schritte wie ein übergewichtiger alter Elefant, die sich dieses Mal aber entfernten, endlich...

Jetzt traute er sich wieder das lebenswichtige Sauerstoffgemisch seinen Lungen zuzuführen. Zwei drei Atemzüge später kam die Kraft zurück und sein Zittern in den Knien ließ etwas nach.

„Verdammt, dass war knapp..." er wischte sich über die Stirn, entspannte sich und bemerkte das seine Knie zitterten, sie fühlten sich an wie frisch gekochter Pudding.

Der Timer...

Steven programmierte den Timer auf sechzig Minuten, dass müsste ausreichen um ungesehen von hier zu verschwinden.

Das Gerät lief ja von selbst, so lang bis der Tank leer war.

Eine von den dunkelbraunen Baumwolldecken diente als „Deckel" um den Nebler etwas mehr zu tarnen.

„Das wäre geschafft..." Zeichen der Erleichterung standen Sichtbar auf seinem Gesicht, stand jetzt vorsichtig auf und drehte dabei den Kopf in alle Richtungen.

Kein Mensch zu sehen.

Die Eingangstür wurde zur Ausgangstür, die befand sich in Reichweite, dass war sein Ziel. Steven sah noch einmal dort hin wo er den Nebler vermutete, sehr vorteilhaft getarnt das gute Stück, er lächelte.

Sein Herz...

Dieses Mal setzte es zwei Schläge aus, sein Lächeln erstarb... Steven versuchte mit aller Kraft nicht zu versteinern oder in Ohnmacht zu fallen... ihm wurde schwindelig, der Puddingberg in seinen Beinen wurde noch weicher...

Er versuchte zu schreien...

Keine Luft...

Sein Hals brannte lichterloh genau dort wo sich die Finger der Hand eines Unbekannt befanden und erbarmungslos zudrückten...

Hans...

>>Meins du eigentlich ich bin völlig bescheuert?<< Grummelte es halblaut zwischen seinen wulstigen Lippen hervor.

*„Hans, Hans hat mich erwischt und jetzt wird er mit mir Schlitten fahren..." d*achte Steven und er sollte damit recht behalten...

XXX

Die Türen des Stahlspindes standen weit auf.

>>Sag es mir... was empfindest du?<< ein Lächeln erstrahlte auf ihrem Gesicht, sie drehte sich im Kreis und tanzte.

Das Bild vor seinen Augen verschwamm, wurde schärfer und wieder verdeckten Nebelschlieren seine Sicht. Jon rieb sich fahrig über seine Augen, versuchte so den zähen Schleier zu vertreiben, es funktionierte.

Evara sprach wieder etwas auf Latein, keine Chance um auch nur ein Wort zu verstehen. Sie tanzte, freute sich als wen eine zweite oder dritte Sonne am Morgen aufging. Vielleicht war es eine Aufforderung sich das genauer anzusehen was ihn aus leeren Höhlen anglotzte.

Ihm wurde heiß und wieder kalt, der Schwindel nahm mit ungeheurer Geschwindigkeit zu und ließ sich kaum noch kontrollieren, sein Magen fing an zu Kreischen, ein säuerlicher ekelhafter Geschmack nach verdorbener Milch entstand schlagartig in seinem Mund.

Sein Arm mit der ausgestreckten Hand schwankte hin und her bei dem Versuch eines der Gesichter zu berühren. Zwei seiner Finger fuhren so vorsichtig es eben ging über eines der Masken. Sie fühlten sich nicht spröde an, sie waren auch nicht eiskalt.

Eigenartige Wärme strahlten sie aus und es fühlte sich nach lebendiger Haut an, als würde immer noch Blut durch Adern Pulsieren und alles mit frischem Sauerstoff versorgen.. Jon blinzelte noch einmal, jetzt erst sah er das die Gesichter auf große eiförmige Glasovale gezogen waren, mehrere Plätze waren noch zu vergeben...

Ohren, Nase, Lippen, Brauen, ein schwacher Oberlippenbart, selbst kleine Hautunreinheiten oder Muttermale, alles war zu erkennen, nur die Augen selbst fehlten dem Antlitz der stummen Toten, und es stank erbärmlich...
>>Mein Gott...<< Jon ging einen Schritt zurück, er würgte ein zwei Mal, schluckte den gerade angekommenen Brei wieder runter, Schwäche packte ihn...
Hatte er endlich gefunden wonach er suchte? War es genau das was sein Bauchgefühl ihn mitteilen wollte?
Vielleicht fand er hier des Rätsels Lösung? Endlich die Antworten auf so viele Fragen?

Gäste reisten an und nicht wieder ab? Evara war die Schuldige? Brachte sie Menschen um und häutete sie?
Verdammt noch mal, der Kreisel der ihn gefangen hielt nahm jede Sekunde an Intensität zu, die Übelkeit brach aus Halldurson heraus.

Jetzt packte ihn der Schwindel endgültig und schlug ihn von den Beinen, rücklings landete er in seiner eigenen Lache aus breiig gekauten Fleischstücken des abendlichen Festmahls.

Jon rang wild nach Luft. Die junge Dame an seiner Seite zögerte nicht lang und setzte sich blitzschnell auf seine Beine, drehte ihn herum, sie hielt ein Gegenstand in der linken Hand und hoch über ihrem Kopf.

Der Frankfurter Ermittler besaß keine Kraft mehr, regungslos sah er Evara an, mehr als eine schemenhaft verschwommene Gestalt war nicht zu erkennen.

Der graue Schatten lachte auf, sprach ihn mit seiner wundervollen Stimme an...

>>Finis coronat opus...<< *(Das Ende krönt das Werk)* hob den Gegenstand noch höher in die Luft, ließ ihn im Kerzenlicht aufblitzen und rammte ihn Jon direkt in den Bauch...

XXX

Widerstand... war in diesem Moment absolut zwecklos...

Das wusste Steven genau, obwohl er eigentlich nicht zu denen gehörte die schnell aufgaben, ganz im Gegenteil, gern versuchte er sich in der Erwachsenenwelt und mit allem was er zu bieten hatte durchzusetzen, auch wenn ab und an ein wenig Terror dazu gehörte, natürlich nicht mit Absicht...

Mit jeder Gegenaktion, um sich aus dieser misslichen Lage zu befreien, konnte er nur verlieren auch das dämmerte ihm, so fügte er sich also brav dem Schicksal und hoffte dabei der olle Hans machte nur ein wenig Spaß.

>>Ein Ton von dir, dann bekommst du eins auf die Nuss und ich schmeiß dich die Kellertreppe hinunter, merk dir das... du bist nen Einbrecher, ich hab dich geschnappt... wem hört die Polizei wohl zu...<< seine Stimme war so tief, sie schien direkt aus der heißesten Hölle zu kommen, die Worte die Hans sprach waren das Gesetzt, Steven hütete sich auch nur den kleinsten Mukser von sich zu geben. Es ging hinab in das warme feuchte Dunkel des Kellers. Allmählich bekam der junge Mann doch etwas Angst.

Blufftte Hans nur?

Eine weitere Treppe führte noch ein Stockwerk nach unten, ging es jetzt wirklich in die Hölle?

Es wurde auch wärmer aber es roch nicht nach Schwefel, eher nach Steak? Lud Hans ihm vielleicht zum Essen ein?

Auf der untersten Stufe angekommen, Hans drückte Steven barsch von der Treppe, dabei stieß der junge sich das Knie am Geländer, den aufkommenden Schmerzens Laut verbiss er sich, er spürte bereits wie sich Hans`s Finger fester um seinen Hals drücken, keine Gedanken mehr an einen Spaß, der Zombie machte wirklich Ernst.

„Küche" war auf der letzten Tür zu lesen bevor er rechts in einen langen Gang geschoben wurden und Stimmen waren zu hören, sollte Steven doch um Hilfe Rufen? Als könne der alte Hotelbesitzer seine Gedanken lesen, drücken Hans`s Stahlklammern noch fester zu, dass Atmen wurde zur Qual, Steven verstand den Wink und lies sich willig weiter führen.

Kaum etwas war zu erkennen, eine schwarze Wand befand sich vor ihm oder? Der müffelnde Riese hob einen knisternden Vorhang an so das sie hindurch gehen konnten. Hier herrschte noch mehr Dunkelheit aber das Stinktier war hier schließlich Zuhause und kannte sich demnach bestens aus.

Steven stolperte mehr als er ging, außerdem schmerzte sein angeschlagenes Bein immer noch, es tuckerte wild hinter der angeschlagenen Kniescheibe.

Jetzt befanden sie sich wohl am Ende des Ganges, der junge Mann spürte die Wand nah neben sich, hörte sein Atmen doppelt so laut, der Schall wurde von der Mauer zurück geworfen.

>>Hör mir zu...<< brummelte der Höllenhans...

>>Das ist unser Verlies, Schalldicht, Schreie sind hier bei uns normal, deine Mami wird dich darüber irgendwann mal aufklären...<< Er kicherte albern und sein anschließender Husten lies es in seiner Brust rasseln wie in einem angeschossenen lungenkranken Eber...

>>Eine Stunde bleibt ihr da drin, eine Stunde... höre ich einen noch so kleinen Laut von euch, dann werden es schon zwei... danach drei, und so weiter und so fort... hast du kleiner Einbrecher das kapiert?<< jetzt zischelte Hans wie eine listige Schlange.

>>Ja, aber warum wir?<< krächzte Steven, die Stahlklammer wurden von seinem Hals genommen.

>>Das wirst du gleich sehen, und ich habe gesagt Schnauze halten, jetzt sind es zwei Stunden...<< Hans öffnete die schwere Tür des Verlieses und trat dem jungen in den Hintern, Steven stolperte in die absolute Finsternis und hörte wie die Eichentür hinter ihm geschlossen wurde, der Stahlriegel fuhr in seine vorgesehene Aufnahme, die Tür war also von innen nicht zu öffnen.

Stille...

Nein, nicht komplett still, Steven hörte jemand schluchzen, dann ein mmm mmm...

>>Hallo, wer ist da? Was soll das?<< verdammt noch mal er sah nicht das geringste... und dann fiel es ihm ein...

>>Ich Idiot, mein Handy...<<

Er kramte es umständlich aus seiner Gesäßtasche drückte den an Schalter, eine Taschenlampenfunktion besaß das Telefon leider nicht, dass war ihm jetzt egal. Der Bildschirm wurde hell, er hielt es in den Raum und traute seinen Augen nicht...

>>Viola...<< rief er erstaunt.

>>Warum bist du hier?<<

Das junge Mädchen rannte auf Steven und der Lichtquelle zu, legte ihren Kopf an seine Schulter. Wieder machte sie hmmm hmmm, jetzt verstand er, fingerte vorsichtig das Klebeband von ihrem Mund und auch von ihren Handgelenken, die Hans hinter ihrem Rücken zusammenband.

>>Danke Stivi... ich war so allein...<<sprach sie und weinte.

>>Das Schwein hat, hat mich draußen erwischt, mir mit seiner Drecksband den Mund zu gehalten, mir alles zusammen geklebt und mich hier rein geschmissen.<< sie schluchzte bitterlich.

Viola zitterte am ganzen Körper und weinte weiter.

>>Es wird alles gut Vio, der Horrorzombie versprach, er lässt uns in ein zwei Stunden wieder raus.<< versuchte Steven sie etwas zu beruhigen.

>>Ich vertraue dem Mistschwein nicht, was ist dem sein Versprechen wert? Was ist wenn der uns hier verrotten lässt? Niemand weiß das wir hier sind... oder hast du jemanden etwas gesagt?<<

>>Nein, hab ich nicht, da hast du Recht. Aber ich kann doch Zuhause anrufen?<< ein prüfender Blick und leider musste Steven feststellen, dass die zwei sich zu tief unter der Erde befanden, also gab es kein Anrufen.

>>Dann brechen wir eben die verdammte Tür auf, hier muss es doch etwas geben, der Raum ist doch nicht leer.

Die zwei Gefangenen gingen zwei drei Schritte tiefer in das Verlies hinein, das Handy hielt Steven weit von sich um etwas zu erkennen.

Da war etwas...

Das Licht seines Handys riss tatsächlich etwas aus der Finsternis des Raumes.

Ein Motorrad? Sie gingen noch einen Schritt darauf zu. Eine Puppe auf einem Motorrad?

Lange schwarze Haare, eine Lederjacke, die Gestalt war abgemagert, die Haut fleckig und eingefallen, die Knochen waren gut zu erkennen, der Kopf hing nach vorn, noch ein Schritte darauf zu, die zwei gingen etwas in die Knie um sich das Gesicht anzusehen...

Steven erschrak bis ins Mark, eine eiskalte Gänsehaut fraß sich über seinen Rücken bis in seinen Magen, krampfte ihn zusammen.

Viola krallte ihre Finger in seinen Arm, drückte anschließend eine Hand vor ihren Mund damit sie nicht schrie...

Eine Person saß auf dem Motorrad und sie sahen keine Puppe, sondern eine Frau oder das was von ihr übrig war.

Denn diese Dame war bereits seit Jahren tot.

XXX

Die hervorgequollenen, stumpfen, ausdruckslosen Augen ähnelten geschrumpften weißen Rosinen, und hingen aus den sonst leeren dunklen Augenhöhlen.
Der Schreck war gigantisch.
Viola presste nun beide Hände vor ihren Mund, sie würgte mehrere Male aber es wollte nichts hinaus. Die beiden entfernten sich von der Gestalt, schleppten sich zur verriegelten Eichentür, dem jungen Mädchen versagten die Beine, sie setzte sich auf den feuchten Betonboden.
>>Stivi... was was war das... das ist Horror, ich will hier raus... ich will hier raus...<< jammerte sie einer Tour.
>>Verdammt Vio, ich versuch es ja... ich habe keinen Empfang, vielleicht geht ja was mit der Tür...<< der junge versuchte Stärke zu zu zeigen, aber seine Stimme zitterte ebenfalls.
Steven untersuchte die Tür, sie schloss perfekt mit den Rahmen ab, da gab es keinen Spalt zum Hebeln, auch gab es keine Klinke oder einen Griff. Er legte sein Handy auf den Boden, knipste in den Einstellungen die Beleuchtung auf Sparflamme und die Dauer der Displaybeleuchtung auf Maximum.

Er versuchte das schwere Eichenmöbel nach außen zu drücken.

Erst vorsichtig um keine Geräusche zu verursachen, dann etwas heftiger und schließlich rummste Steven wie ein Wilder Stier gegen die unnachgiebige Tür.

>>Komm schon Vio, hilf mir mal... es bewegt sich doch was...<< forderte er das junge Mädchen auf.

>>Was kann ich schon bewirken...<<

>>Komm jetzt, wir müssen die Tür aufbekommen...<< schrie er Viola an.

>>Aber er hat doch gesagt wir sollen keinen Lärm machen...<<

>>Das ist mir scheiß egal, komm jetzt...<<

Viola zwang sich auf die Beine, stellte sich neben Steven, legte beide Hände auf das Holz des Tores zu ihrem temporären Verlies oder für immer?

>>Du hast recht Stivi, nur Heulen bringts nicht...<< sagte sie, wischte sich die Tränen am Ärmel ab und zog sich die Nase hoch...

>>Und jetzt im Takt, los... eins zwei, eins zwei...<<

Es wackelte, es knirsche, es bewegte sich wirklich etwas... sie stemmten sich dagegen, zurück, warfen sich wieder gegen das Holz, es hallft nichts, die Tür gab nicht nach.

>>Ich habe es doch gesagt, es hilft nichts und dieses Horrording ist immer noch hinter uns... dein Akku ist fast leer... ich werde wahnsinnig... ich habe Angst...<< Viola weinte wieder.

>>Moment... was hast du gerade gesagt?<<

>>Ich habe gesagt, dein Akku ist bald leer... und dann ist es stockfinster hier...<<

>>Nein, nicht das... du hast gesagt, das Ding ist hinter uns...<<

>>Ja, erinnere mich doch noch daran... toll von dir...<<

>>Ich weiß wie wir uns befreien... das Motorrad... natürlich, dass ist es... wir rollen das Bike mit Schwung gegen die Tür, ich wette mit dir, dann knallt das Ding aus den Angeln... was sagst du dazu?<< Steven schlug vor Begeisterung seine Faust in die Handfläche das es klatsche...

>>Was ich dazu sage? Ähhh... hast du nicht gesehen wer oder was auch immer darauf sitzt? Und keine drei Meter von uns entfernt übrigens...?<<

>>Das ist die letzte Möglichkeit, glaub es mir, wenn das Licht aus geht, dann gute Nacht... so lang warte ich nicht, lass uns versuchen den Grufti vom Krad zu ziehen, irgendwie, vielleicht am Arm da wo die Lederjacke sitzt...<<

>>Stivi ich will das nicht...<< sie schluchzte laut.

>>Verdammt Vio, doch du willst...<< der Junge Mann schritt den Raum ab.

>>Wir gehen da zusammen hin, dann die Olle da runter reißen, das Bike steht schon beinahe richtig, vom Ständer Hebeln und Anlauf nehmen, wir haben gut fünf Meter, gerade halten und Bumm...<<

>>Das Handy lege ich hier in die Mitte, naja so ungefähr, dann sehen wir etwas von der Tür.<<

>>Wo nimmst du bloß die Nerven und den Mut her... aber ok, lass uns anfangen.<< ihr Kopfnicken verschwand im Dunkel, sie machte sich auf, fasste nach Stevens Hand.

>>Wir schaffen das, dass sagte auch schon Bob...<< er grinste, stupste sie leicht an ihre Schulter.

>>Du Kindergarten Cop... los komm wir ziehen gemeinsam...<<

Beide überwanden ihren inneren Schweinefuchs... sie griffen nach einem Arm der leblosen mumifizierten Frau, sie spürten das klamme, vom pelzigen Schimmel überzogene Leder der Jacke und das machte es etwas komischerweise etwas erträglicher, so umfassten sie wenigsten keine Knochen.

Erst zögerlich, dann immer stärker zogen beide an dem Arm, Vio wuchs über sich hinaus.

>>Komm doch du alte Schachtel, los komm...<< schrie sie beinahe.

Noch ein Ruck und der steife tote Körper rutschte von dem Motorrad, sie schliffen die verblichene Dame bis zur gegenüberliegenden Wand und ließen sie liegen.

>>Ruhe in Frieden...<< sprach Steven leise und mit reichlich Respekt.

>>Falls wir hier raus kommen müssen wir die Polizei benachrichtigen, ist ja klar, da hat der Idiotenhans doch etwas zu verbergen, die Gerüchte waren also echt... Vio und das musst du machen, wenn ich die Polizei rufe... oh man, dass gibt wieder Theater...<<

>>Klar mach ich das, will doch nicht das du noch in den Knast kommst...<< sie lächelte gequält...

>>Los, jetzt kommt die Sache mit dem Bike... halt du den Ofen in Position, nicht das das Teil umkippt...<< Steven umfasste den kühlen Lenker, ruckte daran nach vorn, dass Motorrad kippte langsam vom Ständer, nur mit Mühe hielten sie es gerade, ein schweres Geschütz und jetzt bekamen sie etwas Glück im Unglück geschenkt, es war kein Gang eingelegt.

>>Vielleicht haben wir nur einen Versuch, es muss also klappen... wir holen Schwung, auf drei...<< der junge Steven zählte bis auf drei runter und es ging los. Ein Meter, zwei Meter, drei Meter, sie nahmen Fahrt auf. Der letzte Meter...

>>Los lassen...<< schrie Steven und das schwere Bike rammte krachend die Tür.

Was niemand von den beiden für Möglich hielt, die Eichentür flog wirklich auf. Das Motorrad kippte etwas zur Seite und blieb am Rahmen stehen.

>>Das gibt es nicht, Vio... wir sind frei... raus hier komm...<< das brauchte Viola niemand zwei Mal sagen, wieder standen ihr die Tränen in den Augen...

Er fasste sie an ihre Hand und zog seine Freundin Vio grob mit sich, raus auf den Gang und raus aus dem Horrorhotel...

XXX

Waren es die Schmerzen die mich dankbar aus dem Albtraum rissen oder die polternden Geräusche im Treppenhaus? Wohl irgendwie beides...
Es dämmerte bereits, wie lang schlief ich denn?

Langsam quälte ich mich von der gemütlichen einladenden Couch, suchte in der beengten Küche ein Glas um meine Tabletten zu nehmen. Die Zeit drängte und die Unruhe in mir wuchs in jeder Sekunde, viel zu lang lag ich hier untätig herum, Jon brauchte mich, ich musste los. Warum rief er mich denn nicht an? Konnte er nicht anrufen? Da stimmte doch etwas nicht.

Stevens Wegbeschreibung stellte sich als hervorragend heraus, schnell fand ich den Kurpark, den schmalen bergigen Weg, die Brücke und ging nun die Straße entlang Richtung Hotel. Mittlerweile war es Stockdunkel, die hoch aufragenden Fichten die auf der Anhöhe links der Straße standen, sorgten für noch mehr Finsternis, irgendwie eine schauerliche Gegend. Gleich hinter dem Berg gab es den Kurpark, dann ging es weiter hinauf bis hoch zum höchsten Berg in Niedersachsen, dem Wurmberg, so Stevens Worte. Niemand begegnete mir, dass Rauschen des Windes in den Baumwipfeln und meine Schritte auf dem feuchten Asphalt waren das einzige was ich im Moment hörte.

Meine Taschenlampe lag in der Ferienwohnung, na klar...

Es war bereits so dunkel, dass ich tatsächlich die Einfahrt zum Hotel übersah, ging ein paar Schritte zurück und wunderte mich, keinerlei Beleuchtung vor am oder im Hotel.

Eine Herberge dieser Art ohne Glanz und Schimmer? Die Zufahrt in völliger Schwärze gehüllt so das man sie verfehlte? Das gab es nicht oft...

Außerdem verdiente dieser Weg die Bezeichnung Zufahrt nicht wirklich, dass Wort Abfahrt passte besser... die ersten Meter stolperte ich nur, hier ging es steil hinunter.

Als ob jemand meine Gedanken las, gab es im nächsten Moment ein wenig Hilfe, vielleicht aus der ganz oberen Etage?

Dichte träge Wolkengebirge zogen sich zurück und der leicht angeknabberte Erdtrabant ging auf, direkt hinter dem Hotel. Die Umrisse des Hauses zeichneten sich klar und deutlich ab, jetzt war es nicht mehr die Dunkelheit die mich blendete und mir die Orientierung nahm, sondern die Schönheit des märchenhaft anmutenden Mondes...

Gab mir jemand damit ein Wink? Ein Zeichen? Ich beeilte mich nun zum Hotel zu kommen, näherte mich vorsichtig der Eingangstüre und erschrak mich im nächsten Augenblick beinahe zu Tode...

Die Portaltür flog auf und heraus stürmten zwei Personen... ich erkannte einen von den beiden, Steven und ein junges Mädchen...

XXX

Damit hatte ich nicht gerechnet.

Ein schneller Schritt zur Seite bewahrte mich vor einer unschönen derben Berührung mit der schwungvoll aufgestoßenen Hoteltür.

Die beiden sahen mich und stoppten ihren Fluchtlauf.

>>Was macht ihr zwei so spät an diesem gespenstischen Ort?<< sprach ich Steven an.

>>Herr Grant? Sie? Gut das sie da sind. Verdammt, der Freak hat Viola und mich eingesperrt, unten im Keller, der ist irre, total irre... wir konnten uns gerade so retten...<< prustete es aus ihm heraus.

>>Welcher Freak? Der Hotelbesitzer? Hast du Jon Halldurson getroffen, ist er noch in dem Haus?<<

>>Mann, ich weiß es nicht, hab Jon nicht gesehen, wir sind nur froh das wir dem bekloppten Hans entkommen sind, wir müssen jetzt weg von hier, und sie rennen besser auch weg, der Schuppen ist unheimlich... und tief unten im Keller liegt eine tote Frau... die ist total verwest... das ist ne Horrorbude, laufen sie weg, laufen sie weg so lang sie es noch können...<< Steven schrie mich beinahe an, benahm sich völlig hysterisch, nahm Violas Hand und zog sie mit sich.

Eine tote Frau? Das musste ich mir ansehen, Steven würde ich später interviewen, seine Adresse war mir ja gut bekannt.

Das Entrée des mysteriösen Hotels also, sehr spärlich eingerichtet, alt muffig dreckig...

Links ein Gang, rechts eine Art Rezeption, mehrere Schlüssel hingen an einem Brett. Nur wenige Schritte vor mir gab es eine Treppe, sie führte nach oben und nach unten, ich entschied mich für den Keller, Stevens Beobachtungen würde ich zu erst nach gehen.

Am Fuße der Treppe staunte ich nicht schlecht, es ging tatsächlich noch eine Etage weiter nach unten... feuchte klamme Wärme umfing mich, ich fing an zu schwitzen, an den Geruch hier unten konnte ich mich nicht gewöhnen, Moder, Verwesung? Steven hatte recht.
Und noch etwas merkwürdiges passierte, plötzlich hörte ich ein Zischen, als ob jemand Druck von einem Dampfkessel nehmen würde in dem er schlagartig ein Ventil öffnete.
Das Zischen verging nicht, es blieb, ich lauschte aus welcher Richtung es kam, es stammte von oben. Ich sah zur Treppe hinauf und staunte schon wieder. Etwas fiel, nein, vielmehr schwebte die Treppe hinunter, Wolken, Wasserdampf oder Gas?
War eine Heizung defekt?
Stadtgas konnte es nicht sein, es war farblos. Immer mehr davon fiel herab und erreichte mich schließlich.

Wasserdampf war es auch nicht, dieses Zeug roch irgendwie nach Vanille? Ich verstand die Welt nicht mehr, was ging hier vor? Mit Nebel hatte ich in den letzten Tagen ja genug zu tun, dass hier war anders. Immer mehr und immer dichter wurde es.

Der Kellergang wurde geflutet und nahm mir die Sicht. Vorsichtig erklomm ich die nächsten Stufen, weiter nach unten. Auch hier füllte sich der Keller langsam mit dem wabernden aromatisierten Vanille Dunst, es sah irgendwie interessant aus wie der Qualm nach unten floss... und da fiel es mir ein.
In einem Club in Frankfurt, dort hatte ich so etwas schon einmal gesehen. Stand oben eine Trockeneismaschine? Ein Disconebler? Aber wieso? Auch jetzt korrigierte ich mich ein weiteres mal, Trockeneisnebel blieb an Boden, diese Schwaden verteilten sich im ganzen Raum und nahmen mir allmählich die komplette Sicht. Die letzte Stufe... ich erinnerte mich an das Gespräch mit Jon, wann war es noch, gestern oder vorgestern... zu viele Tabletten machten vergesslich... die Verbindung war grottenschlecht, brach ständig ab, ich verstand nur die Hälfte von dem was er mir schilderte. Für mich war es wichtig, er bat um Hilfe und das hier etwas nicht stimmte. Auch erwähnte mein alter Freund die Begegnung mit einer jungen Frau namens Evara...

...Halbnackt will er sie vorgefunden haben, sowie sein Einstellungsgespräch mit diesem irren Hans, dem Besitzer des Hauses.

Der Boden auf den mein Fuß auftrat blieb unsichtbar, der Grauschleier verhüllte ihn bereits, er fühlte sich weich an, schwammig, moosig, seltsam...
Das kärgliche Licht der an den Wänden angebrachten Fackel ähnlichen Apparate drang auch kaum durch den trüben Smog und war eher hinderlich als eine spürbare Sehhilfe...
Am Ende des Ganges bog rechts ein weiterer Flur ab. Stimmen hörte ich aus einem Raum an dessen Tür groß Küche geschrieben stand, es wurde laut gesungen.
Jon´s Stimme erreichte mein Ohr nicht, so entschied ich mich also für den Gang rechts herum.
Ein Plastikvorhang versperrte den weiteren Weg, den riss ich zur Seite, der Gang für noch weiter. Rechts von mir gab es erneut eine Tür zu entdecken und wieder Stimmen, unheimliche Stimmen, ein grauenhaftes Lachen...
Ich drückte die Klinke nach unter, der Eingang blieb verschlossen, keine Zeit mehr... jetzt trat ich in Schlosshöhe direkt dagegen, noch ein mal, noch zwei mal...
Die verdammte Tür flog endlich auf.

Sie schwang nach innen und knallte gegen die Wand.

Der Schwung katapultierte mich in den Raum, ich stolperte, fiel auf die Knie, umklammerte meinen schmerzenden Brustkorb und stand umständlich wieder auf.

Im Flur war es bereits sehr dunkel, in diesem Raum gab es auch nicht mehr Licht, doch ich wusste genau wer da drei Schritte von mir entfernt auf den kalten Betonboden lag. Jon... und er rührte sich nicht.

Ein furchtbare Angst keimte in mir auf, hoffentlich kam ich nicht zu spät.

Noch jemand war in diesem Horrorzimmer zu sehen. Ein junge Frau saß auf Jon, sie sah mich hasserfüllt mit weit aufgerissenen Augen an, war es diese Evara? Ihre rechte Hand umklammerte ein Messergriff, der Rest des Messer steckte in dem Körper meines besten Freundes...

Schwindel packte mich, Übelkeit stieg in mir auf... ich wusste einfach nicht mehr... was sollte ich machen...

>>Runter von ihm, los runter von ihm...<< Schrie ich die halb nackte an und ich wunderte mich über meine eigene Lautstärke...

Diese Frau, der Beschreibung nach Evara oder wie auch immer, zog mit einem Ruck das Messer aus Jon´s Unterleib, der Anblick bereitete mir schmerzen... sie stand auf, knurrte mich an und hielt mir das bluttriefende Ding entgegen.

>>Barbarus hic ergo sum, quia non intellegor ulli...<< *(ein Barbar bin ich, da ich von niemanden verstanden werde)* sprach die blonde Frau mit dem widerlich verzerrten Gesichtsausdruck.

Ihre Augen, ihr Kopf zuckten in der nächsten Sekunde um Millimeter zur Seite, für mich kaum sichtbar... für einen Moment schien sie abgelenkt zu sein, sie sah an mir vorbei.

Meine inneren Warnlampen fingen an zu leuchten, ich fühlte einen kalten Hauch im Nacken...

Das nächste was ich dann spürte... ein Schlag...

Doch ich war darauf vorbereitet, hier machte es sich bemerkbar, unser tägliches Training...

Der derbe Hieb erwischte mich nicht am Kopf, nur an der Schulter, doch das war schon schlimm genug. Ich stürzte über einen schäbigen Polstersessel der links neben mir stand, rollte mich ab, verbiss mir einen Schmerzes-laut und derben Fluch, stemmte mich hoch.

Der massige Hotelbesitzer hielt jetzt den langen Dolch in der Hand oder war es Evara, beide fassten danach... verdammt, es war einfach zu dunkel und sie standen zu eng zusammen.

Hans schrie die junge Frau an, sie antwortete ihm auf Latein...

>>Vide, cui vidas...<< *(schau, wem du vertraust)* schrie sie wohl zurück, Latein also, ich verstand es nicht genau.

Im nächsten Moment stieß er die zarte Frau brutal von sich. Evara krachte gegen einen an der Wand stehenden Stahlspind, dem Geräusch nach zu urteilen musste es jedenfalls einer aus Stahl sein, und ging ebenfalls zu Boden.

Eine Tür des Spindes öffnete sich durch den Aufprall weiter, somit erhaschte ich einen kurzen Blick auf den beleuchteten Inhalt. Puppen? Puppengesichter?

Langsam drehte Hans sich zu mir um und jetzt zeigte er mir das blutige Messer... wir sahen uns an... Sekundenlang geschah nichts...

>>Glauben sie an ihr Schicksal?<< sprach er mich harsch an und kam einen kleinen Schritt auf mich zu.

Ich stand schwankend da, rieb meine Schulter, es schmerzte sehr, war aber auszuhalten, meine Knochen wurden demnach nicht in Mitleidenschaft gezogen.

Meine Waffe hielt ich längst in der Hand, dass kühle Metall gab mir das Gefühl die Situation zu kontrollieren. Es war nicht meine eigentliche Pistole, nein... meinen „Taschengrill", wie ich ihn kürzlich taufte, hielt ich zwischen meinen Fingern. Eine Defensivwaffe. Sie setzte mittels Mikrowellen jemanden außer Gefecht und brachte niemanden um.

>>Glauben sie an ihr Schicksal?<< wiederholte er sich.

>>Ja... jeder hat sein Schicksal, an was glauben sie? Und was ist mit Jon passiert? Gehen sie zurück und legen sie das Messer weg... sofort!!<<

»Nehmen sie es doch... hier bitte...«

Er ging auf mich zu, für mich war es ein Tick zu schnell.

Mein Zeigefinger lang am Auslöser, ich war selbst überrascht wie wenig „Spiel" er besaß und ein Trommelfell zerreißender Pfeifton verließ die polierte Glasmündung der Hochfrequenzwaffe.

Etwas unsichtbares traf den Hotelbesitzer, er krümmte sich plötzlich zusammen, stöhnte, schrie auf, schlug mit dem Kopf gegen die Wand und dann lag die dritte Person am Boden. Die junge Frau fing an sich zu bewegen, doch mein Freund besaß Vorrang.

»Verdammt Jon...« sprach ich ihn an, drückte meine Hand auf seine Wunde, es lief aus ihm heraus wie aus einem zerstochenem Gartenschlauch... das konnte nicht gut gehen, darum musste ein Notarzt so schnell wie möglich her. Ein Kissen wühlte ich von der erbärmlichen Pritsche die neben uns stand, dass Innenleben stopfte ich ihm unter seinen Kopf, den Bezug drückte ich auf seine Wunde, die Decke sollte ihn wärmen. Jon´s Augen fingen an zu flattern, dann öffnete er sie einen winzigen Spalt, er erkannte mich, ein gutes Zeichen...

»Chris du Himmelhund, wo warst du so lang...« flüsterte er, ich verstand ihm kaum, legte mein Ohr beinahe auf seinen Mund, er roh penetrant nach Alkohol.

>>Es wird alles gut, der Notarzt ist unterwegs mein Freund, halt durch, halt durch...<< mehr konnte ich nicht sagen, meine Augen füllten sich mit Salzwasser.

>>Chris... Evara, sie sammelt Gesichter... tot... alle tot...<< Jon bäumte sich kurz auf und fiel wieder in die Bewusstlosigkeit. Traurigkeit brannte in mir, ich war völlig erschöpft und ich spürte eine unendliche Wut in mir hoch kochen... Evara sammelte Gesichter? Keine Puppengesichter? Was war das für ein Wahnsinn...

>>Los steh auf... mach schon...<< ich packte die halb nackte blonde am Handgelenk und zog sie auf ihre Füße.

Kein Handyempfang, dass war ja klar.

Also ging es schnellstens nach oben um einen Rettungswagen sowie die Kollegen zu alarmieren. Die junge Evara hielt ich brutal am Handgelenk fest, sie wehrte sich nach Kräften und wenn ich es ihr brach, dass war mir in diesem Moment egal, dieses Miststück blieb bei mir. Weder Evara noch der graue Dunst schafften es mich davon abzuhalten die Treppe in Rekordzeit zu erklimmen, die blonde zog ich einfach hinter mir her.

In der Empfangslobby angekommen riss ich die Eingangstür beinahe aus den Angeln, dass Hotel spuckte mich aus, und die Nacht empfing mich mit ihrem eiskalten Atem.

Die leicht bekleidete blonde Evara bibberte vor Kälte, mir egal, da zeigte ich mich gnadenlos.

Hier klappte es mit dem Handy tadellos.

Der Notarzt versprach sofort zu starten, nun war es noch daran die Kollegen zu kontaktieren.

Der Anruf ging raus, ich beobachtete die verwehende Dunstfahne, die eben meinen Mund verließ und sich langsam auflöste, wagte einen kurzen Blick zum sternenklaren Himmel, der grelle Vollmond lugte neugierig über dunkle Baumwipfel des bewaldeten Hügels, doch hatten wir vorhin nicht einen Dreiviertelmond? Oder sogar etwas mehr?

Am anderen Ende der Leitung regte sich etwas jemand nahm das Gespräch entgegen, ich sprach ein paar Worte und wurde abrupt aus meinen Gedanken gerissen, für wenige Augenblicke war ich abgelenkt.

Was hinter meinem Rücken geschah war für mich nicht zu erahnen, und im nächsten Moment überschlugen sich die Ereignisse...

XXX

>>Ja, genau... Grant, Kripo Frankfurt... Polizist angeschossen, Bodestraße 44 glaube ich, dass bekannte Hotel in Braunlage, ich brauche dringend sofortige Polizeiunterstützung, Erklärungen gibt es später.<< rief ich laut ins Telefon. Die Verbindung war sehr schlecht.

Ein Schrei...

Ich wirbelte herum...

Die junge blonde Frau stand mit offenem Mund da, zitterte wie ein Bauarbeiter am Presslufthammer und starrte jemanden an. Ich kannte diesen Jemand, es war eine Frau und die kannte ich nun wirklich sehr gut, vor uns stand Kirsten Gerber...

XXX

Leicht durchscheinend präsentierte sie sich uns, der Nebel verblasste, wich jedoch nicht komplett und waberte um Kirstens Füße als stünde sie auf diesem Dunstkissen.

Sie hatte sich nicht verändert, nichts an ihr... sie trug immer noch ihre beige kurze Jeansjacke, die schwarze enge Jeans, die schwarzen Stiefel, sie sah so verdammt hübsch aus.

>Kirsten...<< flüsterte ich...

Das Feuer der Trauer brannte in meinen Augen. Tränen verließen ihre Kanäle, versuchten die flammende Glut zu löschen, leider vergebens, es wurde nur noch schlimmer. So liefen die brennenden Flüsse aus heißer Säure über meine Wangen, dicke Tropfen fielen zu Boden und ich konnte es nicht fassen, es nicht verstehen was ich sah.

Mein Herz gefror zu Eis, lag es an der Kälte die sie mitbrachte? Alles was einmal war, verloren für immer?

>>Kirsten...<< wiederholte ich...

>>Warum bist du hier, wieso bist du hier?<< leise stammelte ich die Worte und wusste doch längst die verdammte Antwort.

Der Mond, der Nebel, die Kälte.

Kirsten Gerber lebte nicht mehr...

Sie war Tod.

Die andere Seite hatte sie mir genommen.

Nur so war ihr Erscheinen, ihr Auftreten an diesem Ort zu erklären.

>>Etwas ist geschehen...<< hauchte sie.

>>Ich habe es gefühlt Chris... doch es ist nun keine Zeit mehr...<< fuhr Kirsten fort.

>>Versteh doch meine Präsenz und mein Handeln, es muss sein, nur so bewahre ich eine sterbende Existenz... verlange nicht nach Erklärungen, noch nicht...<< sprach sie sanft und blickte mir tief in die Augen.

>>Doch, ich möchte es verstehen, sag mir was geschehen ist, warum?<< hörte ich mich jammern. Kirsten antwortete nicht auf meine Fragen, sondern reagierte und sie reagierte heftig.

Kirstens Gerbers strafender Blick traf die wie versteinert da stehende Evara.

>>Nun zu dir, ab sofort nehme ich dich in meine Obhut... von nun an wirst du nicht mehr unter den Lebenden verweilen...<< Evara reagierte nicht auf die Worte der Frau mit den Hexenkräften, die Sprache war ihr fremd. Vielleicht war es auch gut so, dass sie nicht verstand was im nächsten Moment mit ihr passierte. Kirstens durchscheinende Hand schoss vor, packte die junge Evara am Hals, der Nebel verdichtete sich an der Stelle, umfasste die halb nackte junge Frau, drang tief in ihr ein und Evaras Körper verlor mit jeder Sekunde die verging an Konsistenz.

Beide Frauen waren kaum noch zu sehen.

 >>Da ist noch jemand zu retten...<< rief Kirsten und ihre Stimme verhallte im kalten unsichtbarem Nichts.

 Sie waren verschwunden, ebenso der Dunst und die polare Kälte. Auch der Mond war verändert, von jetzt an nur noch zu drei Vierteln zu sehen.
 Jetzt stand ich allein vor diesem verrückten Hotel und verstand die Welt nicht mehr.
Ein Name brannte sich in mein Hirn... Jon!
Ich musste sofort zu ihm und rannte los...

XXX

Kaum überwand ich die ersten Stufen der Treppe hörte ich auch schon die Sirenen des Krankenwagens und ging wieder nach oben um den Sanitätern den Weg zu weisen.

Noch ein mal ein paar Sekunden später trafen bereits zwei Streifenwagen am Hotel ein, der Platz davor wurde weniger.

Den Rettungskräften wies ich den Weg, erklärte das eine Person mittels eines Elektroschockers betäubt zu Boden ging, eine Person wurde niedergestochen und ich versicherte den dreien das es sich nicht um Rauch handelte was von einem Feuer verursacht wurde, die Feuerwehr brauchten wir eventuell nicht, gegebenenfalls nur zur Endrauchung des Gebäudes, dass sollten die Kollegen letztendlich entscheiden. Den Beamten vor Ort unterrichtete ich so gut es ging und in aller Eile über den Sachverhalt und über die laufenden Ermittlungen in dem Fall. Auch erwähnte ich die Leiche im Untergeschoss des Kellers, obwohl ich dort noch nicht nachgesehen hatte. Den Hotelbesitzer Hans bezog ich ebenfalls in den Kreis der Verdächtigen mit ein. Eine Tote im Kellerabteil, wie sollte ich diese Geschichte jemals jemanden glaubhaft verkaufen... vielleicht hatte ich Hans unabsichtlich verurteilt, doch ein Mitwisser war er allemal.

Die blonde junge Evara wurde von mir als Hauptverdächtige aber als flüchtig gemeldet, sie würde sowieso niemand mehr finden, dass stand fest.
Einer von den Beamten kam und sicherte meine Personalien.
Die Kollegen sollten sich mit der Zentrale in Frankfurt auseinandersetzen...
Einer der Sanitäter tauchte aus dem Nebelhotel auf, seine Mine verriet nichts Gutes, doch es stand mehr Unglaube als Traurigkeit oder Mitgefühl in seinem Gesicht zu lesen.
Und wieder ging mir erst verspätet ein Licht auf...
„Es ist noch jemand zu retten..."
Kirstens Worte...
Meine Annahme wurde Sekunden später von dem Rettungsdienstler bestätigt. Sie fanden einen bewusstlosen älteren Mann, Blut, und eine große Menge davon, aber keine verletzte Person meiner Beschreibung. Das Blut stammte nicht von dem Bewusstlosen.
Ich wiederholte noch einmal das Gesehene und das ich meinen Kollegen zurück ließ um Hilfe zu rufen und bestand vehement auf meine Version. *„Vielleicht wurde mein Kollege entführt"* so brachte ich die Beamten vorerst auf eine glaubhafte Version.

Und wieder brannte mir die Zeit auf den Nägeln...

Was nun zu tun war, wohin der Weg mich führte war so klar wie ein angeschwollener Bergbach nach einem heftigen Regenguss.

Loccum, dorthin führte die Spur, dort liefen alle Fäden zusammen.

Die Zentrale in Frankfurt bestätigte meine Zugehörigkeit und ich bekam vom leitenden Beamten die Erlaubnis den Tatort zu verlassen.

Ein Kollege fuhr mich dankenswerter Weise zurück zur Ferienpension, dort angekommen kramte ich meine paar Sachen zusammen, schrubbte unter Tränen Jon´s Blut von meinen Handflächen, nahm noch einmal eine Handvoll Schmerztabletten, setzte mich in das französische Minifahrzeug und hoffte es brachte mich heil an mein nächstes Ziel...

Das Kloster in Loccum...

XXX

Drei Stunden dauerte der Kampf gegen die süße lockende Müdigkeit, gegen Tränen und Verzweiflung. Drei Stunden lang die selben Vorwürfe, immer wieder... hätte wäre wenn...
Der Weg war geschafft, die Nacht brach herein.
Den kleinen Renault ließ ich direkt vor dem Klostertor ausrollen, quälte mich umständlich aus den Wagen und rannte sofort los als wäre der Teufel hinter mir her.
Das Tor, es schien sich zu dehnen, es war als brauchte ich eine Ewigkeit um hindurch zu laufen und schließlich spuckte es mich aus.

Der Himmel...
Vormals eine geschlossene Wolkendecke in der Nacht, nun gab es große Lücken, Sterne blitzen auf und ein gewaltiger Wattebausch umrahmte ihn, den Vollmond.
Es war also wie immer...
Meine Schuhe hämmerten hart auf das glänzende Steinpflaster ein, mein Körper schmerzte unerträglich. Bis zum so genannten Elefant, der großen Scheune am Rand des Klosterforstes schaffte ich es zu laufen, dann stoppte ich den Sprint und brach beinahe zusammen.
Jeder verdammte Atemzug brannte wie Schwefelsäure in meinen Lungen, ließ meine gebrochenen Rippen sich bewegend aneinander reiben.

Heiße Tränen liefen aus meinen Augen, mir wurde schlagartig übel... so spukte ich meinen spärlichen aber kochend heißen Mageninhalt gegen die raue kalte Sandsteinmauer der gewaltigen Pilgerscheune und sackte halb bewusstlos zusammen. Meine Knie fingen den Sturz ab, der nächste Schmerz biss zornig in mein Hirn.

Kirsten...

Ich heulte wie ein alter Schlosswolf in der Morgendämmerung, der seine liebste Gefährtin für immer verlor...
War es nicht wirklich so?
Es war alles so falsch, so gemein, so widerwärtig und abartig...
Und wo war Jon?
Nahm Kirsten ihn mit in ihr dämonisches Reich der ewigen Kälte?
Ja aber dann... dann war er längst Tod?
Doch ein Moment, Walter, einer der Polizisten die uns im Klosterforst zur Seite standen, hatte die kurze Entführung auch überlebt, obwohl er bisher noch nicht aus seinem Koma erwachte, so schoss es mir durch den Kopf.
Die feuchte Eiseskälte der Sandsteine griff durch meine dünne Jacke und kroch in meinen Körper.

Die Mauer die ich zuvor mit meinem Mageninhalt besprenkelte stützte meinen geschundenen Leib und sah zum schwarzen Sternen übersäten Himmel hinauf.
Keine Zeit.
Es gab nicht den Hauch von Zeit um sich auf diese Umstände, diese Begebenheiten einzustellen. Das Böse war einfach da und fertig, akzeptiere es oder geh zu Grunde mit deinem Wissen. Gehe mit deinen Gedanken, mit deinem Schmerz unter...
Kein Verhandeln...
Es gab kein Verhandeln... nur vollendete Tatsachen...
Es war einfach so und basta.
Ich schluchzte erneut, verzweifelte Tränennacht....
Warum blieb ich nicht einfach sitzen und gab auf. Es war doch zwecklos noch etwas bewirken zu wollen, was denn auch. Kirstens irdisches Dasein war beendet, ebenso Jon`s... diese junge Frau aus dem Hotel ebenfalls. Menschen wurden ermordet, Gesichtshäute gesammelt, ging es noch perverser?
Alles um mich herum zerbrach in tausend Teile, meine neue Liebe, mein bester Freund...
Fingen wir nicht gerade erst an alles zu verstehen? Kalt hatte uns das Schicksal nun erwischt. Ohne Gnade und direkt bei den Eiern... genau... bei den Eiern... wie ein irrer Präriehund fing ich an zu Lachen ... auch lachte ich über mich selbst.
>>*Ein toller Polizist bist du, alle reißt du ins verderben...*<<

Sprach ich leise zu mir, spuckte ein paar im Mund kleben gebliebene brockige Verdauungsreste aus und stand schwankend wieder auf.

Frische Luft soll ja Wunder bewirken, so atmete ich drei vier mal tief ein bevor es weiter ging.
Runter zur kleinen Holzbrücke, dann war es nicht mehr weit bis zum See.
Es viel mir zuerst gar nicht auf, doch mein Freund der Nebel war wieder da, umspülte meine Füße, lies meine Fußknöchel beinahe gefrieren und zog an meinen Schuhen als trug ich schmatzende Saugnäpfe unter den Sohlen.

Jeder Schritt wurde schwere, zäher, anstrengender zur Qual und auch mein Talisman erwärmte sich leicht, ich spürte ihn deutlich in meiner rechten Gesäßtasche.
Dieser Dunst stammte demnach nicht von dieser Welt...

Um mich herum diese gewaltigen schwarzen Säulen, die weit in den unendlichen Nachthimmel griffen um mit ihren Kronen süße funkelnde Sterne zu Pflücken.
Da war er also, der See... er schien von innen heraus zu leuchten, mir den Weg zu weisen, mich zu locken...
Die kleine Insel lag unter Nebel, keine Chance etwas zu entdecken.

Links den Weg entlang, ein kleiner Bogen um den See, den die hier lebenden Mönche Backteich nannten und schon stand ich an der Stelle, an der ich mit Kirsten aus dem Wasser stieg und die unsäglichen Hexenkräfte die in Marie wohnten, mit meiner Scheibe aus Meteoritenfragmenten vernichtete. Was geschah als nächstes? Würde Kirsten sich mir zeigen? Die Zeit verrann, der volle Mond hing hoch über mir, ich starrte auf die Wolken behangene Insel, aber nichts tat sich... jedenfalls vor mir nichts... und hinter mir?

>>Du bist zu mir gekommen... das ist schön...<< hörte ich ihre Stimme und schloss für einen Moment meine Augen...

>>Ja... zu dir, wohin sollte ich sonst gehen?<< erwiderte ich und drehte mich langsam zu Kirsten um.

>>Dann bist du gekommen um Antworten zu finden...<<

>>Das bin ich... und um bei dir zu sein meine Liebe...<< flüsterte ich.

>>Chris... es passierte... es war so furchtbar, so brutal... ich war so allein...<< schluchzte Kirsten herzzerreißend.

>>Ich habe gesucht, dich hier gefunden, habe dich gesehen, dein Kampf mit den knöchernen Gestalten aus dem Wasser... ich warf deinen Talisman, dann packte mich das graue Unheil und drückte mich ohne Gnade unter das Wasser... ich starb allein...<<

\>\>Kirsten ich...<<
\>\>Warte, lass mich reden... es dauerte so unendlich lang, wie Jahrtausende kam es mir vor, so kämpfte ich mit dem Tod bringenden Wesen, dann die liebliche süße Erlösung... ich fühlte mich frei, schwebend über den Dingen und bekam ein Geschenk... Hexenkräfte strömten auf mich ein, ich besitze nun die Kraft der drei Hexen... sie sind in mir vereint, ich spüre sie... im Moment deines Sieges, verlor ich mein Leben, diese von dir bezwungenen Kräfte eroberten meine Seele, die einzige Möglichkeit um weiter zu existieren... mein Liebster, ich möchte dir diese Welt zeigen, auch Jon ist dort...<<

\>\>Kirsten... es tut mir so leid... das habe ich nicht gewollt, es war, es ist alles so wunderbar mit dir... aber dir ist bewusst, wenn ich mit dir gehe, werde ich ebenfalls von meinem irdischen Leben befreit...<< ich schüttelte langsam den Kopf, sah erst zum Boden, dann sie an.

\>\>Möchtest du das? Soll ich bei dir bleiben?<< Einen Schritt ging ich auf sie zu, und Kirsten wich zurück.
\>\>Halt, nicht näher kommen... mit den Kräften habe ich auch die Erfahrung jener die nun in mir wohnen... du musst erst deinen Beschützer ablegen...<< lächelte sie mich an.

>>Ich möchte das du bei mir bleibst, in meiner neuen Welt, alles mit mir teilst, aber ich zwinge dich nicht mein Liebster... du entscheidest was das Beste für uns ist... eine Bitte habe ich jedoch... entscheide erst, nachdem ich dir diese Welt gezeigt habe. Dein irdisches Leben wird nicht sofort beendet, erinnere dich an den Polizisten der Marie nieder schoss...<<

Ja, ich erinnerte mich erneut an Erwin, der immer noch angeschlossen an Maschinen im Krankenhaus lag und seine Familie wartete darauf das er endlich erwachte.

Meine Hand fasste nach dem jetzt heißen Meteoritenfragment. Ich zog es vorsichtig heraus und legte die Scheibe in das klamme Ufergras.

>>Ich will mit dir gehen und mir ansehen was du nun deine Welt nennst, auch vertraue ich dir denn du bedeutest mir alles... meinen Schutz habe ich abgelegt, für dich... jetzt wird es Zeit...<<

>>Zeit? Zeit existiert hier nicht mein Liebster Chris, Vergänglichkeit und Zukunft haben hier keine Bedeutung und weichen der erhabener Konstanz einer nie endenden Gegenwart... komm nun zu mir...<< Sie öffnete ihre Arme, ich ebenfalls und drückte Kirsten an mich, es fühlte sich an als umarmte ich einen mehr oder weniger festen Wattebausch.

>>Es wird jetzt passieren...<< hauchte sie direkt in mein Ohr, es fühlte sich gut an, und ich fühlte mich gut.

Die Reise begann... die Umgebung verblasste...

Schwindel, Schweben, Schwerelosigkeit erfasste mich im nächsten Augenblick, Nebel tanzte vor meinen Augen, ich selbst bestand aus Nebel... wurde Teil des Strudels was mich unentwegt in sein wild wirbelndes Zentrum sog. Die gewaltige Drift zog mich hinein und spukte mich im gleichen Moment wieder aus.

Meine Verwirrtheit legte sich sofort, die Dunstschwaden verzogen sich, sie gaben mir freie Sicht. Meine süße Kirsten stand neben mir, genau so wie wir uns kennen lernten, der warme Wind spielte mit ihrem blonden Haar und ihr Lächeln war wunderbar...

Wind?

Ich sah mich blinzelnd um... hellster Tag, alles grün... wir standen auf einem grün bewachsenem Hügel. Kurz das Gras, nur Schafe erspähte ich nicht. Blumenansammlungen in allen erdenkbaren Farben, verschiedener Größe, hier und da, dort hinten auch, wie von Gärtnerhand gezaubert.

Hinter mir ging es bergan, vor mir fiel der Hang sanft vielleicht dreihundert Meter ab.

Ein schmaler weißer Sandstrand löste den kurzen Rasen ab, und dann das Wasser... die Farbe war so wundervoll Azur und konkurrierte mir der fantastischen Farbe des strahlend blauen Himmels.

Ja, ein Wind wehte... ein lauer Wind, nicht aufdringlich, eher ein weiches Streicheln, so kam es mir jedenfalls vor...

Sah so das Jenseits aus? Das Ende aller Zeit? Dann möchte ich hier bleiben... bei meiner Kirsten... für immer...

Unsere Augen trafen sich, wir sprachen kein Wort und fielen uns in die Arme... küssten uns...

Kirsten fühlte sich nun echt an, die Wirklichkeit, sie war es... endlich...

>>Kirsten... ich hatte ja keine Ahnung wie wunderbar es hier ist...<<

>>Darum bat ich dich erst zu urteilen wenn du diesen Ort gesehen hast. Es ist so schön mit dir, ich hoffte auf eine Zukunft mit dir, auf der anderen Seite... in dieser Welt existieren wir, unsere Seelen, für immer...<<

>>Ich kann es kaum glauben... warum haben...<< ich sprach den Satz nicht zu ende, rechts von uns, am Strand... ja klar... Jon... und diese Frau, Arm in Arm.

>>Das ist...<< ich sprach erneut nicht weiter, Kirsten hakte mich ein und vollendete meinen Satz.

>>Ja, das ist dein Freund... und die Frau neben ihm das ist Evara, so wird sie genannt, dass ist das böse Mädchen oder die böse Frau, wie du möchtest. Sie brachte viele Menschen grausam um und sammelte ihre Gesichter. So überwand sie die Einsamkeit ihrer kleinen leeren Hölle. Sie ist unschuldig und Schuldig, wurde zu dem gemacht was sie ist, darum habe ich sie hier her geholt. Derjenige, der dafür verantwortlich ist... nun, du kennst ihn, du hast ihn nieder geschossen. Dieser Mensch hat sich an dieser Frau vergangen, immer wieder... immer wieder, er hat den Tod verdient, diese Bestie wird nicht überleben, seine verkommene Seele wird einer anderen Existenz zugeführt.. und dein Freund, Jon, er war dem Tode sehr nah, hier ist es besser für ihn, viel besser. Er kann noch nicht vollends los lassen, aber das wird er noch.

>>Wie hast du es geschafft los zu lassen? Werde ich los lassen können?<<

>>Chris...<< sie streichelte sanft über mein Gesicht.

>>Mein Leben verlief in keine guten Bahnen bevor wir uns trafen, dass hast du erlebt, und ich wusste nachdem was passiert war, dass wir uns nicht verlieren, ich war besessen von dem Gedanken wir sehen uns wieder, vielleicht habe ich aus diesem Grund das „Jetzt" schneller akzeptiert. Auch du wirst es können, mit jeder Sekunde die du neben mir stehst vergeht etwas mehr von deinem irdischen Leben.

Mit jedem Augenblick wirst du mehr und mehr zu einem Teil meines Universums.

>>Wie lang darf ich noch bleiben, ich möchte mit Jon sprechen... mit dir den Tag verbringen, die Nacht... ein ganzes Leben...<< ich wischte ihr zärtlich eine Haarsträhne aus dem Gesicht.

>>Das geht nicht mehr... entscheide dich schnell mein Liebster... bleibe bei mir für immer, oder geh jetzt und wir sehen uns hier in Loccum, an diesem See, ein Mal im Monat zum Vollmond... an diesem Ort bin ich gebunden... wenn du gehst...<< sie stockte, ihre Stimme wurde rau...

>>Wenn du gehst, versprich mir das du wieder kommst, lass mich nicht allein...<< glitzernde Diamanten perlten aus ihren wunderschönen Augen, was sollte ich tun?

>>Dennoch bist du zu diesem Hotel gekommen, du kannst auch zu mir kommen... überall hin... oder?<<

>>Nein Chris, ich hatte viel riskiert um dort hin zu gelangen, es hat viel Kraft gekostet, sehr viel Kraft... meine lieben "Gäste", sie gilt es jetzt zu beschützen, auch das ist eine große Anstrengung für mich, und entscheide dich jetzt... sofort, schnell!<<

Entscheiden? Sofort? Aber wie...?

Eigentlich stand meine Antwort bereits fest. Meine Aufgabe war eindeutig definiert... es gab sie nun mal diese andere Seite, wir erlangten unter Umständen Kenntnis darüber, blieb ich hier, schlug das imaginäre Pendel weiter zur bösen Seite aus. Einen Mitstreiter verlor ich bereits, meinen besten Freund Jon. Mit meiner Präsens gelang es vielleicht noch weitere Leben und Seelen zu retten und noch weitere dunkle unheimliche Mysterien aufzudecken.

\>>Kirsten, es ist nicht einfach... das weißt du, ich... ich werde gehen... für den Moment und komme zu dir zurück... das verspreche ich dir...<<

\>>Dann soll es so sein...<< sprach sie, verzog ihr Gesicht, weinte und schlang ihre Arme um mich... Dann passierte es wieder... dieses Nebelwirrwarr schleuderte mich in ein tiefes schwarzes Loch und entließ mich nach einem Wimpernschlag sofort.
Stille...

Halb ohnmächtig und mit wahnsinnigem Schädelbrummen lag ich am Ufer des See´s, auf dem Rücken, und blickte mit flatternden Lidern und tränennassen Augen in die verschwommenen Sterne über mir. Kalte Luft sog ich in meine Lungen, ein Windhauch rauschte in den Bäumen, ließ mich frösteln. Wie viel Zeit war vergangen?
Und der Mond?

Nur zu drei Vierteln zu erkennen, zurück in der nackten Realität, sie bekam mich wieder. Für eine kurze Zeitspanne befand ich mich auf einer anderen Seite des Lebens, dass Dämonentor war demnach nicht endgültig versiegelt, aber handelte es sich denn um ein Dämonentor, oder um „das" Dämonentor? Eine von vielen Dämonendimensionen?

Und blendeten mich meine Gefühle zu Kirsten? Entwickelte ich eine gewisse Voreingenommenheit?

Sollte ich sie vernichten?

Ein Schreck durchzog mich, wohl über meine eigenen Gedanken und ich setzte mich quälend langsam auf, spürte das nasse Gras in meinen Handflächen.

Meine silberne Scheibe, wie auf Stichwort spiegelte sich ein Lichtreflex des dreiviertel Mondes in ihr, sie lag nicht weit entfernt, erinnerte mich daran sie mitzunehmen... und erinnerte mich daran sie gegen Kirsten einzusetzen?

Das würde ich niemals tun, niemals... das schwor ich mir. Kirsten tat im Grunde nichts böses, im Gegenteil, sie beschützte, behütete... demnach hatte ich wieder etwas gelernt, nicht die Gesamtheit aller Wesen aus einer anderen Welt waren absolut mörderisch grässlich und trachteten jeder Person nach dem Leben, genau wie in der Menschenwelt, so gab es im Jenseits zweifelsohne das Reine, das Gute.

Existierte sie weiter, wie man sagte, als gute, weiße Hexe?

Das beruhigte mich ein wenig und gab mir Hoffnung... vielleicht war doch nicht alles verloren.
Ich würde wieder kommen an diesen Ort, zu jedem Vollmond um meinen besten Freund wiederzusehen und natürlich meine liebe Kirsten.
Und vielleicht, eines Tages...
Doch dieser Tag war noch fern.

Mut durchströmte mich, die reine pure Zuversicht. Es war Ok so wie es war.

Ich stand auf, hob meinen Kopf, sah zum Dreiviertelmond hinauf, atmete die kühle frische Luft, ging den Weg am See entlang...

                      und lächelte...

XXX

Ende

Noli me tangere
Berühme mich nicht. Joh.19,17 die Worte Christi an Maria Magdalena nach seiner Auferstehung am Ostermorgen...

Alea iacta est!
Der Würfel ist gefallen! *(Caesar am Rubikon, Januar 49 v. Chr.). Quellen: Sueton, Plutarch, Appian, Menander*

Wörtlich übersetzt heißt der Spruch: "Der Würfel ist geworfen worden". Die traditionelle deutsche Übersetzung lautet: "Der Würfel ist gefallen" im Sinne von "Die Entscheidung ist gefallen, "Es gibt kein Zurück mehr". Der Ausspruch kann sich einerseits auf die nicht mehr rückgängig zu machende Gesetzesübertretung beziehen (der Würfel ist bereits hochgeworfen), andererseits auf den keineswegs garantierten Erfolg der Grenzüberschreitung (der Würfel kann auf jede Seite fallen)

Carpe diem!
Genieße den Tag, nutze ihn aus! *(Horaz, Oden 1,11,8)*

Corruptissima re publica plurimae leges
Je verdorbener der Staat, desto mehr Gesetze hat er! *(Tacitus)*
(Deutschland?)

Cuncta timemus amantes!
Wir Liebenden fürchten alles! *(Ovid)*

De nihilo nihil!
Aus nichts wird nichts! *(Lukrez)*

Disce aut discede!
Lerne oder troll' dich!

Consilio et prudenzia
Mit Rat und Klugheit

Dolor hic tibi proderit olim!
Dieser Schmerz wird Dir einst nützen! *(Ovid)*

Donec eris felix, numerabis amicos; tempora si fuerint nubila, solus eris!
Solange Du glücklich bist, hast Du viele Freunde! In bedrängter Lage stehst Du allein!

Errare humanum est!
Irren ist menschlich! *(Hieronymus)*

Fortes fortuna adiuvat!
Dem Tüchtigen (Tapferen) hilft das Glück! *(Terenz)*

Homo homini lupus est!
Der Mensch ist des Menschen Wolf!

Iam tempus illi fecit aerumnas leves!
Schon hat die Zeit ihm den Kummer gelindert! oder 'Die Zeit heilt alle Wunden!' *(Seneca)*

Imperare sibi maximum imperium est!
Sich selbst zu beherrschen ist die größte Herrschaft!

Male parta male dilabuntur!
Wie gewonnen, so zerronnen...

Seite 54 Augiasstall
Aus der griechischen Mythologie...
Ein Ort des Schmutzes und der Unordnung, der nach Reinigung und Säuberung schreit... (nach den vor Pferdeunrat über triefenden Stallungen des Augias.

Seite 30 Mors ultima linea rerum est!!
Der Tod steht am Ende aller Dinge (Horaz)
Nunc est bibendum!
Jetzt lasst uns trinken...
Quintus Horatius Flaccus – römischer Dichter
Geb. 8 Dezember 65 v.Ch.
Gest. 27 November 8 v.Ch.

Seite 53 Zitat aus dem Film Highlander
Seite 106 Eigenmarke der Nebulus GmbH
Seite 201 Aus Twilight von Stephenie Meyer

Der unumgängliche Tag wird kommen...

werden dass verlieren, was wir endlos lieben...

Wo werden wir uns wiederfinden, dort, in dem
wilden Strom aus vergangenen Seelen...
Gibt es ein Zeichen, ein Signal? Einen wundervollen
Moment im Leben an dem wir uns auf unserer
Reise, auf unserer Suche erinnern?

Ein Gedanke, eine Berührung, ein Kuss?
Ein Traum den wir gemeinsam träumten?
Vielleicht unser fantastischer Vollmond in der Nacht?

Wir werden uns finden, so wie wir uns bereits
gefunden haben...

Dieser gewaltige Augenblick wird alles verändern,
einem Urknall gleich...

es beginnt erneut,
und unsere Liebe lebt bis in die Ewigkeit...

Ich stamme aus einer anderen Welt...

da waren die Dinge längst nicht so kompliziert...

Und hätten wir uns fünfzehn Jahre früher kennengelernt... ich hätte Dir den Hof gemacht...

Wir hätten Spaziergänge mit Anstandsdame gemacht... und Eistee auf der Veranda getrunken...

Ich hätte mir ein oder zwei Küsse gestohlen... aber erst nachdem ich Deinen Vater um Zustimmung gebeten hätte...

ich hätte einen Kniefall gemacht...
und ich hätte dir einen Ring überreicht...

Liebe Bianca meine Bella... ich liebe Dich bis in alle Ewigkeit...

und würdest Du mir die Ehre erweisen...
...mich zu heiraten...

Norden, der 02.02.2017

xxx